이름

ⓒ소나무 2023
초판 1쇄 인쇄 2023년 12월 13일

지은이   소나무
펴낸이   최지철
편집   최지철
펴낸곳   도서출판 별구름
전자우편   starcloud0611@gmail.com

ISBN 979-11-978995-2-2

재생 목록

개정 10년 10월 10일 점심	양목장	유시	4
개정 10년 10월 10일 오후	도시로 가는 길	길휴	18
개정 10년 10월 10일 오후	도시로 가는 길	나루	30
개정 10년 10월 11일 아침	도시로 가는 길	길휴	42
개정 10년 10월 11일 점심	도시; 본부	유시	54
개정 10년 10월 11일 점심	도시; 본부	덕	64
개정 10년 10월 11일 저녁	도시; 주차장	길휴	80
개정 10년 10월 11일 밤	도시; 주차장	나루	90
개정 10년 10월 12일 아침	도로 옆 공터	유시	98
개정 10년 10월 12일 점심	도로	나루	103
개정 10년 10월 12일 저녁	뱀길 공터	유시	120
개정 10년 10월 12일 저녁	뱀길 공터	길휴	134
개정 10년 10월 12일 밤	사헬지대	유시	144
개정 10년 10월 12일 밤	사헬지대	덕	154

개정+1 0년 논리 변형 장치, 이데아 [이름 소거됨]

개정 10년 10월 10일 점심

양목장

유시 재생

"아무튼 다시 지역 이야기로 돌아가자면, 저기는 10년 전 '이름을 지운 자'에게 빈 소원으로 만들어진 강이에요. 그래서 강에 대고 소원을 빌다 보면 가끔 소원이 이루어진다고 해서 방문객도 간간이 있어요. 그리고 또 요즘 소원 빌러 오는 사람 중에 부자가 많아서 방문객을 노리는 산적이 늘었다고 삼촌이 말씀해 주셨어요. 그런데 그 '이름을 기억하는 자'라고 하셨죠? 저 살면서 한 번도 못 볼 줄 알았어요! 아니, 보긴 하겠지만 이야기 나눠볼 거라곤 생각지 못했죠. 그래서 어떤 일을 하세요? 아니, 너무 개인적인 걸 물어봤나… 음, 삼촌이 말씀해 주신 게 있는데, 이거 사실인가요?"

가볍게 바람을 쐬고, 양과 풀을 볼 심상으로 올라온 언덕이었다. 하지만 앉아있자니, 한 양치기 소년이 다가왔고, 그 소년은 심심하다는 이유로 계속 이야기를 혼자 풀어갔다.

"예전에 '이름을 기억하는 자'가 살아온 '지워진 세계'에선 지금과 달리 전기랑 온수가 넘쳤다면서요? 그리고 기름도 많아서 도로를 꽉 채울 정도로 차가 돌아다녔다는데 맞아요? 또 지금과 달리 손으로 만든 물건이 귀하고, 기계가 만든 물건이 흔했다고 하던데. 아! 또 아버지가 그랬는데, '이름을 기억하는 자'는 세상을 이렇게 만든 '이름을 지운 자'와 연관이 있다고 했어

요! 혹시 지금 그분을 만나러 가시는 건가요? '이름을 지운 자'
를 만나면 어디서 언제 어떻게 만났는지 비밀로 하는 대신 소원
을 들어준다고 하니까요."

고개를 작게 끄덕였다. '지워진 세계'… 단군이 나라를 서우
고 4356년가량 지난 세계. 따뜻한 물이 샤워기로 나오고, 드라
이빙하며 창문으로 들어오는 바람이 아직도 뺨에 선명하게 남
아있었다. 하지만 원래 없던 것처럼 전기를 비롯한 자원과 전기
관련 굵직한 기술이 사라졌고, 잇달아 모든 국가가 무너져 내렸
다. 그로부터 10년이 지났다. 다른 나라가 있던 곳은 어찌 살아
가는지는 모르지만, 여기는 이전 부유한 시대를 기억하는 '이름
을 기억하는 자'가 나타나 세상을 위해 이전 시대의 지식을 나
누고 퍼트렸다. 그리고 그 지식 중에 '이름을 지운 자'가 세상
을 이렇게 만들었다는 사실도 있었다. 다만, '이름을 기억하는
자' 중 '이름을 지운 자'가 정확하게 누구인지, 왜 그리고 어떻
게 세상을 바꾼 건지 아는 이는 아무도 없었다.

낮고 넓은 바위에 앉아 조잘대던 아이는 가볍게 일어났다. 엉
덩이를 가볍게 턴 아이는 내 앞으로 가벼운 발걸음으로 다가왔
다. 청멜빵에 반팔 티셔츠. 옷 밖으로 드러난 피부는 볕으로 탔
지만, 밝은 구리색 피부는 아이의 활기를 더 돋보이게 했다. 두
뼘 거리에서 아이는 밀짚모자를 뒤로 젖히며 바닥에 털썩 주저
앉았다. 눈을 감고 아이가 들려준 이야기를 정리했다. 지금 앉
아있는 언덕 아래로 보이는 양목장의 역사, 목장을 운영하는 가
족사, 목장 근처 강에 담긴 설화, 그리고 자연환경과 산적의 출
현 배경. 빠른 정리 후 눈을 뜨자, 아이는 후드 속 내 얼굴을 보

려는 듯 몸을 최대한 낮추곤 얼굴을 올려다보고 있었다. 그리고 눈이 마주치니 양치기 소년은 화들짝 놀라 뒤로 넘어졌다.

"깜짝아! 그… '이름을 기억하는 자'…? 제 이야기 들어주셨죠?"

"목장의 역사와 식구의 사사로운 이야기. 지리 명칭 유례와 사회 영향."

"어… 이해하신 걸로 알게요! 그런데 이름이 어떻게 되세요? 저는 덕이라고 해요! 친구들은 저를 더기라고 부르는데, 처음에는 놀리는 줄 알고 많이 울었어요. 하도 울어서 아버지가 삼자대면까지 만드셔서 결국 오해도 풀고 그랬죠. 그래서 이름이 어떻게 된다고요? 보자마자 여쭈었어야 했는데, 오늘 아침 먹고 지금까지 여길 지나는 친구나 친척이 없어서 쭉 양만 보고 있었어요. 아 여기 양이 얼마나 있는지는 말씀 안 드린 것 같은데… 일단 이름부터 알려주세요!"

"유시."

"유시, 유시유시… 아, 여기 양은 37마리… 아니 38마리가 있어요. 얼마 전에 새끼 양이 나왔고, 이름은 아직도 못 정하고 있어요. 저더러 지으라고 하셨는데, 딱히 생각나는 이름이 없는 거 있죠? 제가 이름을 정하라는 결정에 책을 열심히 뒤적거렸는데 마음에 드는 이름이 없는 거예요. 이럴 거면 평소에 책을 많이 읽어둘걸 그랬어요."

덕은 바닥에 앉아 다시 이야기하기 시작했다. 바람이 뒤에서 불어왔다. 양 무리가 뜯은 풀냄새가 바람에 실려 왔다. 하지만 다른 냄새가 섞여 있었다. 탁한 기름 냄새. 그리고 그 껄끄러운 기름 냄새를 숨기기 위해 뿌린 바닥에 자라나 있는 것과 다른 풀냄새. 이미 언덕의 풀냄새에 길들어 있었기에 쉽게 알아챘다. 곁눈질로 바람이 부는 방향인 뒤로 고개를 최대한 작게 돌려서 확인했다. 뒤로는 내리막. 육안 확인 불가. 덕은 내 반응과는 상관없이 계속 이야기를 이어갔다.

"어이. 유시. 살 거 다 샀고, 이제 가야 해."
불길한 악취를 경계하던 와중에 빨간 장발을 흩날리며 길휴가 저 아래에서 올라오며 외쳤다. 지금 맡은 향이 위협인지 아닌지 확인하지 못했다. 무사히 나갈 수 있을까. 우선 덕을 보았다. 나이는 사람을 충분히 속이자고 마음먹으면 가능한 나이지만, 처음 보는 이인 나를 대하는 태도를 보아 악인은 아니니라. 이어 올라오는 길휴의 다부진 골격을 보았다. 아무리 힘과 순발력이 받쳐주는 몸이라 한들, 기름에 기반한 불과 따라올 가능성이 있는 폭약에는 하염없이 무너져 내리리라. 길휴를 보며 일행이냐 묻는 덕에게 나는 끄덕임으로 긍정하며 일어났다. 버레모를 잠깐 벗어주고 덕에게 가볍게 묵례로 인사해 주었다. 단약 누군가 습격한다면 지금일 터. 귀를 최대한 곤두세웠다. 저 멀리 무언가 튕기는 소리. 화살이다. 바로 덕을 껴안고 같이 언덕 아래로 굴렀다. 언덕 아래로 굴러 내려가며 생각했다. 아까 서 있던 곳은 주위보다 비교적 높은 언덕이고, 여기저기 사람 한둘은 숨을 수풀이 있었다. 덕이 시끄럽게 비명을 지르기에 더 집중했다. 지면에 화살이 떨어지는 소리를 기다렸다. 예상보다 늦게 도착한 소리. 맞으라고 쏘기보다는 경고 혹은 관심을 끌기 위한 화살. 왜지? 구르며 의구심을 풀기 위한 여러 가능성 있는 상황과 근거를 머릿속에서 찾아 헤맸다.

덕과 함께 언덕 아래로, 창고로 쓰일 것 같은 건물 외벽에 부딪힐 때까지 굴렀다. 그리고 벽 근처에 덕이 숨을 정도로 자라난 수풀 속에 그 아이를 넣었다.

"그… 유시….?님?"

갑작스러운 상황에 덕은 아무 말도 어떤 행동도 안 하고 내 이동에 따라주었다.

"산적."

생각할 수 있는 여러 가능성 중 하나를 꺼냈다. 덕은 조금 전에 최근 산적이 늘어났다는 말을 스스로 했음에도 그럴 리 없다는 표정이었다.

"네…? 산적이요?"

"도심에서 애매하게 떨어진 곳. 그 애매함으로 산적의 거점이 많은 곳."

"아… 그렇죠? 그런데 여기는 병원 납품용 양을 키워서 순찰도 많고…"

"이야기는 끝나고. 동료 구출 우선."

말을 더 하려는 덕의 입을 손바닥으로 막았다. 이 양치기 아이는 표정을 못 숨겼다. 아이는 나를 은인을 보는 눈, 고마움을 담은 눈으로 바라보았다. 뿌연 기억 속 '이름 지운 자'가 지어주던 눈. 그 눈을 견딜 수 없었다. 그 시선에서 도망치기 위해 온 신경을 밖으로 돌렸다. 조용하며 움직이는 것이 적었다. 양 목장이라 생각하지 못할 고요함. 필히 무언가 잘못되었다. 셋

8

중 유일한 운전수 나루는 괜찮은가?

"… 조용."

숨 막히는 고요함 속에서 노닥거리며 가만히 있는 건 목숨을 포기하는 것과 같았다. 그렇기에 나는 덕의 어깨에 손을 올리며 '나오지마.' 라는 짧은 명령만 남기고 수풀 밖으로 나갔다. 좀 더 소리에 집중했다. 밖은 조용했다. 풀벌레 우는 소리, 나뭇잎이 바람에 흔들리는 소리, 그리고 작은 냇물이 흐르는 소리. 기억났다. 인간과 관련된 소리가 전부 죽었을 때의 세상이었다. 숨지 않고 똑바로 서서 걸었다. 이렇게나 조용하다면 무얼 하든 바뀌는 것은 없으리라. 주차장으로 향했다. 나루가 트럭으로 도망쳤을 수도 있고, 아니라면 적절한 도구를 챙겨갈 수 있다. 또한 트럭이 털렸다면 그 사실을 알아낸 것만으로도 갈 가치가 있었다. 빨간 페인트가 고루 발라진 트럭. 운전석과 붙어있는 숙소칸과 짐을 싣는 화물칸, 두 칸으로 이루어진 트럭은 처음 내린 곳에 있었다. 맨 뒤 화물칸 잠금장치는 누군가 약탈한 흔적도 잠금을 뜯으려 한 시도한 흔적도 없었다. 운전석과 숙스칸도 열리지 않은 내린 후의 모습 그대로였다. 목적은 우리의 것이 아니었다. 양목장이 목적이다. 목적을 알았고 나루가 여기 없음도 알았다. 적절한 도구를 꺼내기 위해 숙소칸으로 들어섰다. 그리고 내 침대 밑 작은 무기고에서 환도를 들고나왔다. 쓰지 않길 바라며 날을 꺼냈다.

짧은 시간 동안 소리죽인 잰걸음으로 집과 창고를 포함한 양목장을 둘러보았다. 창문 너머로 본 가정집 주방엔 누군가 급히 부른 듯이 주방 도마 위 요리 재료가 썰리다 말았지만, 화롯불은 꺼져있었다. 누군가 일부러 사람을 끌고 간 흔적 대신 또박또박 걸어서 생긴 파인 발자국, 잠금쇠에 걸려있는 열린 자물쇠. 면식범이다. 이 목장에 배신자가 있다. 전체의 반을 살피고 난 뒤, 곡식 창고라 써진 창고문 손잡이를 잡았다. 안 열린다. 경첩이 녹슬어서라기보다는 안쪽에서 잠금장치가 걸려 있기에 안 열리는 느낌이었다. 생존자, 혹은 배신자. 둘 중 누구라도 상관없었기에, 시간이 지체되면 강도든 배신자든 떠날 것이기에 흔들리는 경첩을 보자마자 발로 찼다. 힘준 발차기에 버금가는 낡은 경첩이 삐걱거리는 소리를 내며 흔들렸다. 이내 경첩이 떨어져 나가고 넘치는 힘에 문이 안으로 쓰러졌다.

"어이, 유시 너무 늦은 거 아니야? 이러다 인질이 죽겠어?"

천천히 들어선 나를 보고 대머리 나루가 의자에 앉아 환히 웃었다. 나루에게 흔들 손이라도 있었다면 보자마자 위로 크게 흔들어 주었을 테지만, 그는 지금 손도 발도 묶여있었기에 큰 웃음소리로 맞이해 주었다. 그리고 인질이 되어 묶인 나루 옆에는 불안한지 피가 굳어 검붉어진 칼을 쥔 채 떨며 주위를 부산히 돌아보는 인질범 하나도 있었다.

"누…누구야! 드디어 백인회에서 보낸 분이냐?"

"아, 이 친구 백인회 지망생이라던데, 가입하고 싶어 이런 일을 벌였다고 하더군."

"조… 조용히 해! 아니구나…! 그, 그… 백인회 지부장님께서 오시면 너희들은 다 죽는 거야! 이 세상이, 이 '새로 쓰여진 세계'가 '홍인'만을 위한 의미 없는 삶이라면 차라리 백인회에 가입해서… 가입해서…"

　"아. 유시, 슬슬 팔이 저리긴 하지만 지금 내 옷이 가벼운 색이라서 말이지. 빨리 처리해도 좋긴 한데 되도록 피가 안 튀게 저리 가서 해주면 안 되려나?"

　묶여있기에 한순간에 목숨이 날아갈 상황에도 세상 편안한 인질과 보는 사람도 불안하게 만들 정도로 손을 떠는 인질범이라는 조합에 길게 날숨을 코로 내뱉었다. 혼란. 인질범은 떨리는 손을 주체하지 못했다. 그리고 쥐고 있던 칼을 맥없이 흔들며 나를 향해 달려들었다. 불안한 자는 칼을 이런 용도로는 처음 쓰는 듯 마구잡이로 휘둘러 댔다. 나는 차에서 가져온 등 뒤의 환도를 칼집에서 빼내어 그 질서 없는 휘둘림에 맞춰 칼을 부딪쳐 주었다. 규칙성 없이 휘두르는 것이 어린아이 투정 같았다. 그렇게 응석 맞은 합을 맞춰주니 인질범은 몇 합도 안 되어 기력이 떨어진 듯 가쁜 숨을 내쉬었다. 그 틈을 놓치지 않고 몸을 숙여 파고들듯 인질범의 틈으로 비집고 들어갔다. 그리고 검을 역으로 고쳐 잡아 손잡이로 명치를 묵직하게 찌르듯 가격했다.

　"역시 그냥 휘두르는 길휴보다 유시가 더 무기를 아름답게 다룬다니까."

　"나루."

　"알았어, 그럼 이거 풀어줄래? 슬슬 팔이 많이 저리거든."

　나는 바닥에 널브러진 이의 칼을 쥔 손목을 지르밟았다. 강제로 편 손에서 검을 다른 발로 나루의 방향으로 쳐냈다. 검붉은 피 가루가 옮겨붙은 환도를 바닥에 누운 이의 옷으로 닦곤 한

번에 깔끔하게 칼집에 넣었다. 그리고 묶여있던 나루 쪽으로 걸어가 인질범의 칼로 나루의 팔다리를 묶은 밧줄을 잘랐다.

"전후사정."

"길휴랑 일꾼들이 사고팔 것을 옮기고 계산을 치렀지. 차 타기 전이니 길휴에게 너 데려오는 심부름 시키고 나는 뒷간에 다녀왔는데, 저 홍인 차별주의자가 가족과 친구 전부 죽이고 나를 묶어서 여기 둔 거야. 이번에는 간단하지?"

"백인회."

"응. 아까 말했잖아, 동기가 백인회 가입이라고."

"허술해. 백인회 치고."

테러 조직, 백인회. 평범한 양목장 구성원을 세뇌한 것인가? 아니면 원래부터 있던 스파이? 정보가 적다. 끊어진 밧줄을 툴툴 털고 일어난 나루는 '그럼 어때? 가자고.'라는 말로 가볍게 넘기며 바닥에서 '백인회를 위하여'만 중얼거리며 벌벌 떠는 청년의 주머니에서 자신의 차 열쇠를 꺼냈다. 같이 문 앞으로 걸어가니 문 바깥에는 울상인 덕이 문 바로 옆에 쭈그려 앉아 있었다. 소리 내 울지는 않았지만, 가족과 친구가 죽었다는 단편적인 이야기를 믿고 충격받은 모습이었다.

"아, 딱 봐도 네가 덕이구나. 부모님에게서 이야기를 많이 들었단다."

"백인회요…?"

"들었구나. 어디부터 들었니?"

"홍인 차별주의자부터요… 하지만 저기 베일리 삼촌이 가족을 죽일 리 없어요… 제가 아는 베일리 삼촌은 노을 보는 걸 좋아하시는 분이고, 가족에게 늘 상냥한 분이에요…"

횡설수설하는 덕의 어깨를 두드리곤 상황을 살폈다. 먼저, 길휴가 올라오던, 아까 전 덕과 함께 둘이 있던 언덕을 보았다. 길휴가 내려오고 있었다. 다만 이쪽으로 내려오는 중간에 뒤를 돌아 미늘창 도끼날의 면을 방패 삼아 몸의 일부라도 막아 가렸다. 눈을 가늘게 뜨고 집중해 언덕 위를 보았다. 활을 든 이들이 길휴를 향해 연달아 화살을 퍼부었다. 그렇게 날아가던 몇몇 화살은 길휴를 꿰뚫는 궤도에 있었다. 하지만 그 화살은 궤도를 벗어나지 않았지만, 신기루를 뚫고 들어가듯 대부분 화살은 길휴를 통과해 애먼 돌에 부딪혀 꺾이거나 나무에 박혔다. 홀로그램 기술. 저번에 유물상에서 구해다 주었을 때, 길휴는 정정당당하지 못하다며 거절했지만, 저렇게 잘 쓰고 있었다.

"나루, 엔진 시동. 30초 안."

"알겠어, 실질적 대장님. 그런데 덕이도 따라올래? 우리는 이제 도심으로 갈 건데, 여기 남아있어도 백인회에게 몹쓸 짓 당하는 것밖에 없을 테니까. 아마, 너희 부모님도 덕이가 살아남길 바랄 테고. 그러기 위해 우릴 따라가길 원하실 거야."

경험과 계산에 근거하여 30초면 길휴는 트럭으로 도착할 것이었다. 나루와 양치기, 둘의 곁을 지나던 중 나루는 덕에게 손을 내밀었다. 덕은 그 손을 거절하지 않고 위에 자기 손을 올렸다. 충격으로 거절하지 못하는 것인가? 그리고 덕은 주위 사람들이 모두 죽었다는 믿기 어려운 이야기를 곧바로 수용한 것인가? 왜? 이해하지 못한 채 그 장면을 뒤로 두 칸 트럭으로 향했다. 손수 창고 뒷문을 열었다. 양털과 고기와 약재. 빠르게 급하게 운전하지 않는다면 물건이 밖으로 새지 않는다. 창고 문을 열어둔 채로 숙소칸으로 들어섰다. 그리고 숙소칸 창문을 열어 덕의 삼촌, 베일리를 상대한 환도의 날을 태양 빛에 비췄다. 날이 깨지거나 이가 심하게 나가지 않았다. 다만, 여기서 무사히 나간다면 숫돌을 꺼내긴 해야 했다.

"유시, 30초 안 지났어?"

운전대 앞에 앉은 나루는 뒤를 돌아 숙소칸과 운전석 사이의 작은 창을 열었다. 꺼냈던 환도를 검집에 넣곤 침대 아래를 열어 무기함 안 숫돌 옆에 잘 넣어두었다. 그리고 침대 밑 비밀 공간을 숨기고 열어둔 숙소 문밖으로 고개를 빼어 상황을 보았다. 백인회 무리와 쫓겨오는 길휴가 보이고 들렸다.

"출발. 창고문 미리 오픈."

운전석 쪽 벽을 두드렸다. 30초는 이미 지났다. 여기서 길휴를 더 기다린다면 길휴뿐만 아닌 다른 승객이 올라탈 것이다.

'예이.' 하며 나루는 천천히 트럭에 시동을 걸었다. 덜덜거림에 익숙해지며 나는 창문 너머로 고개를 내밀어 바깥 상황을 확인했다. 마침 지나치는 광장엔 이 작은 동네 사람들 시체가 모아져 있었다. 광장, 나루를 발견한 곡식 창고를 찾아간 뒤에 저 광장으로 향했을 터였다. 그리고 아마 저 시체 더미에서 나루와 길휴를 찾느라 시간을 헛되게 보낼 것이 훤했다. 시체 더미를 자세히 보았다. 모인 시체는 두 종류였다. 그냥 던져진 시체들 한 뭉치와 서로 싸우다 죽은 듯 정돈이나 모음 없이 대충 널브러진 시체들. 시체 산은 일반 목장 노동자의 것이다. 반면 흩어진 시체는 백인회, 그 테러 조직에 가입하고자 한 이들이었다.

다른 경우 없이 눈에 훤했다.

"나루, 여기 '새로 쓰여진 자'의 목장이었나?"

"내가 말 안 했나? 맞긴 해. 혹시 뭐라도 생각난 게 있어?"

"가능성이 한쪽으로 기우는 중."

"어떤 가능성? 우리에게 이로운 상황은 아닌 것 같긴 한데. 생각 정리된 대로 말해줘."

"그럼, 나중에."

지금은 깊이 생각하기보다는 길휴의 탑승을 알아채는 것이 중요했다. 생각을 옅게 하며 길휴가 창고칸에 올라타면 생길 진동을 기다리다 보니, 운전석 작은 창 너머로 나루와 덕의 이야기가 넘어왔다.

"덕이는 백인회에 대해 알아?"

"아뇨… 삼촌이 말씀하시길, 홍인에 저항한 세력이라는 것만 알아요…"

"…백인회는 대체로 극단적 테러 집단이야."

"베일리 삼촌이 그랬어요. '이름을 기억하는 자들'이 지식을 기반으로 이권을 독점하고 세력을 만들었다고. 그래서 여러 사람이 모여 부당함을 주장하니 '이름을 기억하는 자들'이 일을 막는다고 많은 '새로 쓰여진 자'를 죽였다고 했어요. 그리고 그 날 '이름을 기억하는 자'의 몸이 피로 붉게 물들어서 홍인이라고 부른다고. 그래도 아버지는 지식을 가지고 여러 일을 해낸 '이름을 기억하는 자'는 대단한 사람이라 그랬어요."

"'홍인 사건'이지… 그런 일도 있었지. 좌우간 네가 말한 '홍인 사건'이 정말 일어났긴 했지. 다만, 아마 네 삼촌은 '새로 쓰여진 자'가 무고한 듯 말했겠지만, 백인 쪽에서 '이름을 기억하는 자' 쪽 사람 한 명을 조금 잔인하게 죽였거든. 그래서 그 가족이 백인을 마구잡이로 죽였고 암. 그렇게 '홍인사건'이 알려지고 나서 생겨난, '새로 쓰여진 자'만으로 이루어진 조직들을 뭉뚱그려, 홍에 반하는 순수함, 백인회라고 부르기로 했지. 그런데 백인회도 지역마다 그 성격이 다른데, 여기는 아마 한 명씩, 정예병 한 명만, 이런 기조였나 봐."

덕은 차에 오르고 나서부터 훌쩍이며 울고 있었다. 바닥의 진동을 통해 길휴의 탑승을 감지하려 했기에 덕의 흐느끼는 소리는 큰 문제는 되지 않았다. 다만, 왜 인제야 우는지에 대한 의문을 해결하고 싶었다. 하지만 저기 달려오는 길휴가 아직 살아있다. 질문은 참을 수 있지만, 끊긴 생명은 기다려도 돌아오지 않는다. 기다리니 기대에 부응하듯 건장한 육체에 걸맞은 둔탁한 탑승 진동이 났다.

"탔다."

내 말에 나루는 있는 힘껏 밟았다. 급발진 박자를 놓쳐서 아무것도 잡지 못해 숙소 바닥에 한 바퀴 굴렀다. 그리고 화물칸에서도 길휴가 항의하는, 창고 여기저기 힘주어 두드리는 소리가 울렸다. 하지만 나도 구르고 있었기에 아무것도 도와줄 것도 위로할 말도 없었다. 그저 쿠당탕하니 두 인간이 각자 숙소칸과 화물칸에서 덜컹거림 속에서 구를 뿐이었다.

양목장에서의 탈출 후 느낌상 한 시간가량 거친 운전이 이어졌다. 화물칸엔 창문 같은 건 없어 정확하게 한 시간이 지났는지는 모르나, 급정거 없이 부드럽게 나루가 차를 세운 것으로 보아 한 시간은 지난 것은 확실했다. 도시로 가는 중이었지만 요철이 심한 길이었기에 몸 여기저기가 결렸다. 나를 언덕 위에 버리고 온 유시나 제딴에나 부드러운 운전사라고 자부하는 나루나 마음에 들지 않았다. 둘 생각에 열불이 나 문을 발로 차 열었다. 아니 열려고 했다. 발에 차인 문은 강렬하게 열렸지만, 경첩은 녹 없이 최근엔 윤활제까지 먹였기에 부드럽게 열리다 못해 힘의 반동으로 바로 닫혔다. 숨을 깊게 들이마셨다 내쉬었다. 나는 안쪽 문고리를 잡고 밀치듯 열어젖혔다. 도로 옆 넓은 풀밭 위에서 자칭 베스트 드라이버 나루는 한 시간 운전 후 꼭 해야 한다고 주장하던 스트레칭 중이었다. 그 옆에는 처음 보는 왜소해 보이는 애가 그 체조를 어설프게 따라 하고 있었으며, 비겁하게 도망친 유시는 간이의자를 꺼내 저 멀리 보고 있었다.

"팔다리를 저대로 쭉 해서 꺾어버릴 것들."

깍지 끼고 위로 스트레칭하는 것과 별일 없다는 듯 풍경을 감상하는 것의 관절을 꺾고 모가지를 분리하는 상상으로써 분풀이를 마치고 그들에게 다가갔다.

"길휴, 도시 들어가면 홀로그램 배터리 충전해야 하지?"

나루가 사람 좋은 미소를 띠며 나를 봤다가 다시 관절을 풀었다. 안쪽 주머니에서 소형 홀로그램 투영기라고 유시가 준 물건을 꺼냈다. 유시가 자세히 원리 및 사용법 등을 설명해 주었지만, 사용법 외 기억하는 것은 하나였다. 주위 환경을 스캔 및 왜곡하는 홀로그램 기계장치라는 것. 잔여 배터리를 확인할 겸 딸깍하고 전원을 누르니 4개의 표시등 중 하나만 간신히 껌뻑거렸다. 유시 말로는 하루는 족히 쓴다고 했지만, 매번 쓸 때마다 전원 끄는 것을 잊어 자주 이렇게 배터리가 부족했다.

"니들끼리 내빼던 와중에 멀리서 그게 보였어?"

"늘 전원을 안 끄니까. 이번에도 까먹었을 테니 배터리가 다 떨어졌을 거라 생각했어. 그나저나 너도 유시처럼 그냥 도망치면 될 것을 굳이 또 누굴 죽이고 싸운 거야? 에이, 그러지 말라니까. 정정당당도 투쟁도 목이 붙어있어야 하는 거지. 앙심은 쉽게 사라지지 않는 것도 알잖아. 여기서 가장 유연하게 사는 게 넌데, 이런 것도 유연하게 하라고."

"몰라. 아무튼 좀 쉬었다 가자고. 그리고 누군가의 환상적 주행으로 창고 안이 엉망이니까 알아서 정리하고."

나루의 틀린 말 없는 잔소리에는 이길 자신이 없었다. 체조 옆에서 멍하니 풍경 감상하는 자칭 시인이자 과학자이자 철학가인 유시는 적당히 부족하게 말하지만, 나루는 할 말과 하고 싶은 말은 다 해야 했다.

"알았어, 알았어."

내가 한숨 쉬며 과격한 운전과 도로 요철에 두들겨 맞은 몸을 두드리니 나루는 그제야 창고칸으로 발을 옮겨 주었다. 물론, 나를 지나쳐 가는 나루의 개운한 얼굴이 얄미워 한 대 치고 싶었다. 그의 빤질거리는 빈 머리를 노려보자니 15살 그즈음의 애가 옆에 있었다.

"몸 괜찮아요?"
"넌 뭐야?"
"아… 죄송합니다! 가볼게요!"
어린아이가 싫었지만, 이 애가 누군지도 모르기에 최대한 친절하면서도 거리를 두려 했다. 하지만 분노를 억누르니 자동으로 나온 또박또박한 발음에 애는 꼬리 내리듯 사과하며 바로 나루를 따라 창고로 들어갔다. 허망하게 아이가 떠나는 뒷모습을 계속 보았다. 나루가 얄미워 일어난 분노가 흐려져 사라질 만한 공허함이 가슴을 메웠다. 그 허함 속에서 떠오르려 하는 동생의 얼굴을 잊기 위해 유시에게 갔다.

"뭐."
간이의자에 앉은 유시의 머리에 내 등으로 체중을 실어 기댔다. 유시가 힘주어 버티는 것이 느껴졌다. 버티는 힘에 적당히 맞춰 등에 더 힘을 줘 눌렀다. 등으로 유시 머리를 누르니 언덕에서의 일이 생각나 다시 열이 올랐다.
"백인회면 그냥 다 죽이면 될 일이고, 네가 합류하면 빨리 그냥 쓸어버릴 텐데 굳이 달아나야 해?"
"죽임과 죽음만이 답이 아니야."
"도망도 답이 아니지."

"우리의 목적이 살육이 아니라는 걸 명심해."

"죽으면 소원도 없지."

"저기, 두 분 뭐 하세요?"

정황상 애가 나루의 창고 정리를 돕다가 도움이 안 되어 쫓겨 난 것 같았다. 이 꼬마와 나 사이에 감정이 없지만 아이라는 것 이 마음에 걸렸다.

"뭐."

애가 뭐하냐는 물음에 내 뒤의 유시가 아니꼽도록 그 투박하 고 무미건조한 말투를 따라 했다.

"아, 그… 전 덕이라고 해요. 양목장 아들인데…"

일부러 더 투박하고 차갑게 따라 한 어투에 애가 아까보다 더 움츠러들었다. 코로 다시 길게 한숨을 쉰 유시가 일어나는 바람 에 나는 균형을 잃고 넘어졌다. 바로 일어나니 유시는 덕의 어 깨에 한 손을 올리고 있었다. 유시가 무언가 결심하거나 약속할 때 하는 자세였다.

"수고했다. 혹시 하고 싶은 일 있나? 우리 잘못 아니지만 최 대한 편의… 봐주겠다."

"아, 어…"

"니네, 나 없는 사이에 무슨 일 있었냐?"

"백인회. 가입 시험."

유시는 늘 이런 식이었다. 큰 단서가 될 단어만 던지고 알아 서 해석하시오. 이런 비협조적 동료 때문에 할 수 없이 언덕에 서의 일을 차근히 되짚어 보았다.

때는 나루가 협상을 끝냈을 때였다. 우리는 목장이 원하는 만큼 약재를 건네주고 그 대가로 양털과 말린 양고기를 받는다. 조금만 더 달리면 도착할 도시가 있기에 식량은 약재에 비하면 값싼 것이자, 무조건 받아 가야 하는 것이 아님에도 나루는 기어이 털과 육포를 섞어 받았다. 그간 나루와 같이 다니며 그가 종종 의아한 결정을 취하긴 했지만, 결코 여정 중 손해로는 이어지지 않았다. 또, 내가 뭐라 훈수를 두던 나루는 거래 중에 나의 조언은 가볍게 무시하고 자신의 결정을 밀어붙이기에, 나는 장사치들이 알아서 하리라 생각해 그저 약재와 고기를 옮겼다. 다만, 양털의 품질이 생각과는 달라 실랑이가 일어났고, 그 탓에 빠른 거래 성립과 달리 거래 완료까지는 시간이 걸렸다.

"길휴, 방금 양털처럼 우리 약재 품질 다시 확인한다고 하니까 그 틈에 유시 데려올래? 내리자마자 언덕에 올라간다고 통보했으니 아마 거기에 아직도 있을 거야."

"하, 걔한테 그냥 삐삐라도 쥐여주자니까. 매번 이래야 해?"

"전기 비싼 건 알지? 건전지 대부분이 전기값이야."

"에휴. 차라리 내가 밥을 굶을 테니 유시 손에 삐삐라도 쥐여 줘."

"그래, 잘 다녀오고~ 미늘창 무거울 텐데 차에 두고 가. 무슨 일이 일어난다고."

나루의 걱정과 배려와 달리 등에 맨 미늘창을 그대로 지고선 언덕으로 향했다. 데리러 가는 일은 금방 끝날 일이기에 미늘창을 등에 이고 가는 것보다 차에 기어이 가서 창을 두고 오는 편이 더 귀찮았다. 별로 안 가 도착한 언덕 끝자락에서 소리를 질렀다. 유시는 귀가 밝으니 쉬이 들을 것이라 생각했다. 하지만 저 멀리 보이는 두 인간 형체는 움직이지 않았다. 두 인간, 지금 생각하면 덕의 것을 형체를 포함한 두 형체가 저 멀리에 있었다. 아마 작게 움직이는 형체, 덕이라는 애가 말을 하며 움직이니 이쪽 소리가 묻힌 것이다. 속으로 유시에게 욕을 하며 예정에 없던 무장 등산을 시작했다. 오르는 언덕이 높지는 않았지만, 우리는 곧 떠날 것이었다. 그리고 출발은 덜컹거리는 차 위에서 망보기 업무로 이어지기에 체력을 아끼는 것이 중요했다. 하지만 유시를 두고 가자고 하면, 헛똑똑이 메이트인 나루가 한 소리하고 직접 낮은 체력으로 등산할 것이기에 그냥 내가 하는 것이 나았다.

"어이, 유시. 살 거 다 샀고, 이제 가야 해."

남은 체력을 계산해 가며 올랐다. 조금 더 오를 수 있었지만, 이쯤에서 소리치면 듣겠거니 해서 일단 소리를 질렀다. 내 고함이 닿았는지 다행히 유시가 일어났다. 그런데 일어난 유시가 옆 형체를 덮쳤고, 가까이 서 있던 두 형체가 겹치더니 언덕 아래로 구르기 시작했다.

"뭐야?"

둘이 굴러가는 것을 보다가 뜬금없이 날카로우며 얇은 무언가가 허공을 가르는 것을 보았다. 자세히 보니, 화살이었다. 높이 그리고 보이게 쏘는 화살은 초심자가 아닌 숙련자가 쏜 것일 것이다. 등산의 목적인 유시가 일단 아래로 내려갔지만, 화살이 있는 곳으로 계속 올랐다. 복잡한 이유는 없었다. 다만, 확인해야 할 것 같았다. 힘겹게 마저 오르며 등 뒤의 미늘창을 빼어 들었다.

"누군지 몰라도 활 한번 더럽게 못 쏘네."

활을 다룰 줄 아는 이가 일부러 이렇게 쐈다고 지레짐작하고 있지만, 체력적으로 힘든 것에 대한 탓을 할 대상이 없어서 활쟁이 탓이 입에 붙었다. 소리 내 한탄하니 화살이 날아온 언덕 위에서 누군가 맞장구쳐 줬다.

"미안하게 됐네. 하지만 굳이 홍인을 건드려 좋을 건 없을 테니."

하얀 옷에 파란 사선 무늬 옷을 입은 네 명이 있었다. 백인회겠거니 했다. 백인회, 그 조직 이름엔 모임을 뜻하는 회가 붙기는 하지만, 지역에 따라 활동 계명조차 다른 콩가루 집단이었다.

우선 상대의 수부터 제대로 파악했다. 보이는 건 칼 둘에 활잡이 둘, 그리고 망원경 쥔 단안경 하나. 나는 들고 온 미늘창을 가볍게 어깨에 올렸다. 냉병기로 무장한 넷이 긴장한 듯 무기를 고쳐 잡았다.

"그래서 일부러 쐈다는 게 티 나는 요란한 화살을 쐈다는 건가?"

"그렇다네. 자네가 '홍인사건' 학살자인 그 길휴인가?"

"소문 참 빠르네. 그런데 이후로 이름 기억 뭐시기들이랑 연 끊었거든?"

"연을 끊었다 한들, 자네 손에 묻은 동생의 피는-"

말하는 역겨운 머리를 날렸다. 미늘창의 도끼날을 던져서. 다른 넷이 무기를 다잡기 전, 창을 던지고 달려들어 모조리 숨을 끊었다. 손이 붉게 물들었다. 돌아가자. 돌아갈 곳 없지만.

[-비둘기 응답하라. 비둘기. 정찰 상황 보고 바란다.]

무전기 소리가 머리 두 쪽 난 이의 옷 안에서 울렸다. 그리고 상황이 잘못되었다는 것을 바로 알아챘는지 무전은 내가 그 무전기를 들기 전 끊겼다. 세상이 이렇게 되기 전 피웠던 담배를 피우고 싶었지만, 이 '새로 쓰여진 세계'엔 담배도 없었다. 저 아래를 보며 한숨을 푹 쉬고 있자니 저 멀리에서 작고 가벼운 엔진소리가 들렸다. 4대로 이뤄진 오토바이 기동대였다. 다만, 연료라도 아끼려는 심상인지 한 대에 네 다섯명이 올라탄 위태로운 모습으로 달려왔다. 그리고 죽은 시체 근처에서 내려 나를 향해 달렸다. 아까처럼 다섯은 가벼이 상대할 수 있어도 그냥 둘러보아도 십여명 이상의 많은 인원은 다치지 않고 상대하기 벅차고 귀찮았다.

"이럴 때 유시라면…"

원망할 겸 유시를 떠올리니, 유시가 저번에 준 홀로그램 장치가 생각났다. 다급히 주머니 속 버튼을 누르며 언덕 아래로 달렸다. 달려 내려가던 중 몇몇이 화살을 쏴대었지만, 홀로그램이 작동하는지 화살은 허공을 가르며 날아갔다. 곧장 주차장으로 향하니 트럭이 천천히 달려 나가는 걸 발견해 열려있던 화물칸 안으로 몸을 던졌다.

곰곰이 생각해도 백인회의 출몰은 이해했지만, 유시의 다음 말인 가입 시험이 뭔 뜻인지 이해가 안 됐다. 하지만 나와 다르게 생각하는 유시를 통해 논리가 제각각인 콩가루 집단인 백인회가 연루된 사정을 헤아리는 건, 달리는 차 위에서 바늘 귀에 실을 꿰는 것만큼 어렵고 의미도 없었다.

"그래, 그냥 백인회가 백인회 짓했다고 이해할게."

유시는 그럼 됐다는 듯 고개를 끄덕였다. 말을 최대한 줄여서 말하는 꼴이 나루보다 얄미워서 도통 벗지 않는 베레모와 후드를 뒤집어 까고 싶었다.

"그래서 이 애는 유일한 생존자겠고 맞지?"

"어."

"그리고 우리 탓은 한 톨도 없지만 자선행위를 하겠다고?"

"응."

"왜?"

유시는 나를 한심하게 보았다. 나도 유시를 한심하게 내려다보았다. 양목장에서 거래할 때의 나루처럼 유시도 세운 결심을 결코 꺾지 않았다. 나는 어깨를 으쓱해 보이고 너 하고 싶은 대로 해보라는 뜻을 보였다. 차라리 무슨 뜻인지 모르고 되물어 줬으면 좋겠지만, 눈치 빠른 유시는 고개를 덕이라는 꼬마에게도 돌렸다.

"잘하는 것, 취미, 특기 있나?"

계속되는 유시의 취업 설문에 덕이라는 애는 아무 생각 없어 보였다. 당연히 목장에서 사는 애가 무슨 꿈이 있으리. 이렇게 말하면 편견이니 하며 입체음성으로 잔소리를 들을 터이니, 가만히 구경이나 했다.

"아니면 우리 트럭에 자리 남는 건 없나?"

유시식 화법으로 굳이 도시가 아니더라도 저 애가 정착할 때까지 우리가 잠시 데리고 다니자는 의견을 냈다.

"우선, 도시까지의 동행. 잊지 마, 우리 목적."

유시는 나를 한심한 눈으로 노려보았다. 저 헛똑똑이가 내 발화 의도를 안 읽었을 것이기에 나도 한숨이 나왔다. 하지만 한숨 쉬며 어쩌다 본 덕의 눈은 달랐다. 무언가에 빠진 눈, 동경에 취한 눈. 시선의 방향을 보니 당연히 내가 아닌 유시였다. 고생길 열리는 방향이었다.

"그… 돈 안 받고 데리고만 다니셔도…!"

"자, 창고 정리 끝! 다들 승선하라~ 출발하자고. 어, 덕이도 나왔네? 너도 기지개 쭉 켜고 타."

다행히 때맞춰 나루가 창고 정리를 끝냈다.

나루가 먼저 운전석으로 경쾌한 발걸음을 옮겼다. 그리고 꼬마는 자연스레 보조석에 타기 위해 부지런히 정직한 경보로 뛰었다. 망보는 자리, 망루라고 이름 붙였지만, 트럭 위에 바람막이와 의자뿐인 곳을 보고 한숨을 뱉었다. 그리고 어쩔 수 없는 미래를 받아들여 망루로 올라가는 사다리에 발을 올렸다. 덕이 내 쪽으로 손가락질하며 유시에게 말을 거는 걸 봤지만, 앞으로 있을 거친 운전, 질 나쁜 도로 위에서 망보기를 생각하니 나에 관한 대화를 엿듣는 것조차 귀찮았다. 사다리를 다 오르고 출발 전 간단한 점검을 했다. 망루는 마지막, 양목장에서 내렸던 때와 다를 바 없었다. 10초 점검을 마치고 매복과 기습을 대비하

기 위해 360도로 돌아가는 의자에 앉아 거친 운전에도 튕겨 나
가지 않도록 벨트를 꽉 조여 맸다. 트럭이 출발하고, 많은 바위
와 돌멩이 때문에 온몸이 붕 떴다가 엉덩이가 의자에 짓눌리고
를 반복했다. 해가 얄밉게 밝았다.

중간 휴게 스트레칭 시간을 마치고 운전석에 앉았다. 아직도 몸이 찌뿌둥해서 앉아서도 위로 손깍지 끼고 쭉 몸을 늘렸다. 허리를 바로 세우니, 어린 티가 팍팍 나는 어린 덕이 보조석에 올랐다.

"그나저나 유시가 말해줬는데, 기습 대비 보초는 무슨 말이에요?"

"아, 길휴가 차 위에 앉아서 하고 거? 차도 차 연료도 귀한데, 그 안에 귀한 물자까지 있다면, 무장 강도들이 눈여겨보지 않을까?"

"그렇긴 하죠…? 아, 그런데 만약 총이 있으면요? 아니면 매복이라던가…?"

"자, 출발~"

덕의 질문을 한 귀로 듣고 한 귀로 흘리며 액셀을 깊게 밟았다. 생각보다 길 상태가 나빴고, 양목장에서 백인회 소동도 있어서 예상보다 늦어졌다. 급한 마음에 밟은 급발진과 거친 진동에 덕은 의자에 바짝 붙었고 또 놀란 듯 눈을 크게 떴다. 덕은 급하게 내 어깨와 팔을 급하게 두드렸다. 그 다급한 비상 신호에도 흥이 나는 콧노래를 흥얼거리며 쉼터에서 도로로 진입했다. 도로로 진입하면 덜컹거림이 줄고 덕의 멀미도 덜할 것이다. 그래도 여전히 덜컹거림이 있지만, 이건 어쩔 수 없는 길이 었다. 작은 아이는 살기 위해 구조 요청의 대상을 나에서 창문으로 돌렸다. 도로를 매끄럽게 바꿔줄 수 없지만 창문은 마땅히 열어줄 수 있기에 부드럽게 조수석 창문을 열어주었다. 덕은 고개를 밖으로 내밀어 빈속을 더 비우고 의자 위에서 힘없이 녹아내렸다.

"젊은 애가 왜 이리 기운이 없어?"

껄껄 웃으면서 덕의 어깨를 한 손으로 토닥여 주었다. 두드림을 받던 중 덕은 킁킁 소리 나게 냄새를 맡았다.

"약초에요…?"

"이야 바로 알아채네? 냄새 좋지? 꽃이나 향신료도 비싸지만, 약초나 의약품은 어딜 가나 반겨주거든! 적이든 아군이든 말이야. 물론 지금 가는 곳은 아군이지만."

내 기대와는 다르게 덕은 더더욱 창문에 내달렸다. 그 도습이 우스꽝스럽지만서도 귀여우며 가여워서 내 쪽 창문도 열어주었다. 시원한 풀냄새 바람이 양옆에서 몰아쳤다. 덕이 뭐라 뭐라 외쳤지만 거센 바람 소리에 들리지 않았다. 무슨 말을 하는지 들어주기 위해 양쪽 창문을 올렸다.

"얼어 죽는 줄 알았어요."

덕이 토라져 나를 원망하듯 보았다.

"그래도 시원하고 좋았잖아? 속은 어때?"

"속이 아직도 울렁거려요. 머리도 어지럽고요."

"한숨 자. 일어나면 도시일 거야."

덕은 의자에 축 늘어져 진동에 몸을 맡기고 있었다. 이미 빨리 달린다 해도 저녁에 도착하기는 글렀다. 이왕 늦는다면, 하루 자고 아침에 도착하는 편이 속이 편했다. 해가 점차 기울고, 밤이 찾아오고 있었다. 잠시 옆을 보니 덕은 자는 듯 눈을 감고 작게 코를 골고 있었다.

"길휴, 중간에 쉬지 않고 달린다. 늦기도 늦었고, 괜찮지?"

["카피."]

조심히 무전기를 들어 길휴에게 통보했다. 덕이 깨지 않았으면 하는 마음이 전해졌는지 길휴도 두 단어만 전하고 바로 무전을 끊었다. 자장가를 들려주듯 작게 콧노래가 나왔다. 아이가 싫어한다면서 은근히 챙겨주는 길휴도 충격이 클 텐데 잘 버텨준 덕도 좋고 고마웠다. 물론 무슨 생각일지 모르지만, 우리를 위해 생각 중일 유시에게도 고마웠다. 두어시간 연이어 달리니 눈이 뻑뻑해 휴식을 애타게 그리워질 즈음이었다. 길휴가 먼저 다급히 연락을 줬다.

["어이, 10시? 이젠 9시 방향. 수풀 넷. 매복."]

"아, 덕이 자? 이렇게 길휴가 매복이나 기습에 대해 알려주는 거야."

그 소리에 덕이 몽롱한 얼굴을 하며 깨어났다. 이 상황조차 즐거웠기에 운전석 옆에 거치한, 길휴와 연결된 무전기를 손가락으로 두드렸다.

"휴게소까지 금방 가니 밟는다. 덕이, 뒤에 창문 열어줄래? 그래도 유시에게 알려야 하니까!"

잠기운에 힘없는 덕은 순순히 미적미적 뒤 돌아 숙소 칸과 연결된 창문을 열려고 했다. 하지만 덕이 작은 창을 열기 전, 숙소 칸에서 유시가 먼저 들었는지 '카피.'라고 외쳐줬다. 이 상황이 그저 재밌어 작게 소리 내어 웃으며 액셀을 길게 눌렀다. 출발보다는 덜 했지만, 빠르게 올라가는 속도에 덕은 고쳐 앉곤 몸을 축 늘어트렸다. 왼쪽을 보니 작게 반짝하는 것이 보였다. 큰 소리를 동반하지 않은 빛에 정찰병의 망원경 렌즈인가 했다.

"어이 길휴, 9시 넷 맞아? 아무것도 안 날라 오는데?"

"계속 보는 중. 앞에 더 큰 매복 있을지 모르니 속도 유지."

나 역시 창문을 열고 길휴가 말한 방향을 사이드 미러를 조정해가며 날아올 무언가를 경계했다. 하지만 반짝하고 빛난 것 이외에는 날아오거나 던지거나 튀어 오르거나 하는 것은 없었다. 저들이 정찰병일 가능성이 있기에 덜컹거림을 무시하고 안정적인 속력 구간 안에서 가장 빠른 속력을 냈다.

큰 횃불이 보였다. 도시에서 운영하는 휴게소였다. 길휴에게 무전으로 지속해서 상황을 보고 받았으나, 크게 닥친 매복이나 강도단은 없었다. 휴게소에 도착해 내리니 면식을 튼 직원이 마중 나왔다.

"아니 저 멀리에서 보는 데 위태롭게 밟으셔서 도시에 연락해야 하나 고민했는데, 뭔 일이래요?"

"별 거 아냐. 오는데 누가 우릴 염탐하더라고. 저번에 받은 김은 다 먹었어?"

"그건 이미 다 먹었죠. 그런데 염탐이요?"

"어. 수풀 속에서 우릴 계속 보더라고. 덕분에 망원경을 오랜만에 꺼냈네."

손에 망원경을 든 길휴가 아이고 소리를 내며 사다리에서 내려왔다. 그리고 자기 손에 망원경을 들고 내려왔다는 것을 깨닫고 혀를 한 번 끌하고 찼다.

"그나저나 해도 졌으니, 하룻밤 자고 가는 거지? 급하면 바로 출발하는 거겠지만."

길휴의 말대로 해는 이미 지고 부엉이 우는 소리 가득한 밤이었다.

"매출은 둘째요, 안전이 우선이니 쉬었다 가시죠."

직원이 안전이 우선이라면서 휴게소 이용료를 내라는 듯 손을 내밀었다. 나는 지갑에서 부족한 값의 지폐를 꺼내 그 손에 올려주었다. 받은 직원은 돈을 빤히 보더니 고이 접어 주머니에 넣고 편히 쉬라는 말을 잊지 않고 말해 주며 자리를 떴다. 그냥 장난으로 덜 준 것인데 야간 할증 안 받고 그냥 떠나는 모습에 되레 놀라 직원을 잡았다.

"아니 왜 이래, 내가 값도 계산 못 할까 봐?"

"맞게 주시면 맞게 주시는 거고, 아니면 값 계산 못 하게 된 것에 대한 위로금이라 생각하면 되죠."

"에히, 그래도 옳고 그름이라는 게 있는데, 제대로 값을 치러야지."

값을 치르고 트럭으로 돌아오니 길휴가 팔짱을 끼고 우리밖에 없는 휴게소 주차장을 보고 있었다. 마차도 말도 오토바이도 없는, 일종의 전세 낸 휴게소처럼 보였다.

"도시 직영이라 불침번 없이도 안전하니, 다들 푹 자고 아침에 보자고."

"그나저나 나루, 그 덕이라는 애는 어떻게 할 거야?"

"응? 갑자기? 도시에 적당한 일자리 소개해 줘야지. 아까 창고에서 들었는데 그렇게 하는 거 아니었어?"

"쓸데없이 둘이 귀만 좋아."

"길휴 뭐라고 했어?"

"아냐, 그리고 내가 말한 건 어디에 재울 거냐는 거였어."

"조수석에서 잘 자던데?"

"그건 자는 게 아니라 토하면서 기절한 거지."

"토했어?"

"나루, 너한테서 토 냄새 나는 건 알지?"

나는 그제야 내 몸 냄새를 맡아보았다. 확실히 역겨운 그 냄새였다. 보조석 문을 여니 몸을 축 늘인 덕과 그 입에서 흘러나온 것이 있었다. 분명 마지막으로 돌아봤을 땐 멀쩡했었다. 아니면 자는 걸 봤을 때 구토했으나 내가 눈치 못 챘을 수도 있었겠지만, 어찌 되었든 당황스러운 건 마찬가지였다.

"… 나루, 얘 죽은 건 아니지?"

그렇게 인상 쓰면서도 길휴가 먼저 덕의 목에 손가락을 올렸다.

"어, 살아만 있네. 용케 늘어진 자세에서 기도가 안 막혔네. 일단 내리자."

"그 편이 낫겠지."

길휴에게 덕을 맡기고, 숙소칸 문을 열었다. 유시가 바닥에 이불을 깔아주며 잘 준비하고 있었다. 이불이 깔리지 않은 바닥을 보니, 유시가 쓸고 닦은 듯 먼지 한 톨 없었다.

"신발."

"응? 신발이 왜?"

"벗고 들어와. 손님을 앉혀서 재울 게 아니면."

나는 들어온 문으로 뒷걸음질로 물러났다. 지금 바로 잘 것도 아니거니와, 잠옷을 꺼내고, 덕에게 입힐 여분의 옷이 있을지 싶어서 들렸기 때문이었다. 마침, 유시가 잠자리를 거의 다 만들었기에 구태여 들어갈 필요가 없었다. 마침 인기척이 나서 뒤를 돌아보니 길휴가 덕을 바닥에 뉘고 있었다.

"아, 유시 혹시 안에 덕이 입을 만한 여분 옷이 있으려나? 다하고 나서 찾아줘."

바닥에 뉘어진 덕의 몰골은 보기 그랬다. 구토로 엉망이 된 옷과 악취. 날이 그렇게 춥진 않았지만, 지금 당장 옷을 벗기면 감기에 들기 십상이었다. 길휴를 보았다. 무언가 더 요구한다면 나를 반으로 갈라버리겠다는 표정이었다.

"길휴, 만약 욕탕까지 옮겨달라고 하면 화낼 거야?"

"나루? 너도 힘이라는 게 있잖아?"

"에잉, 그래도 짐꾼인데 내가 드는 것보다 네가 드는게 났지."

"그런 말도 안 되는 애교를 부리면 정말 얘를 버리든 내가 떠나든 할 거야."

길휴는 질색하며 앞쪽으로 덕을 안아 들었다. 악취가 심한 듯 그는 고개를 돌렸다.

길휴가 두어걸음 떼니, 유시가 안쪽에서 속옷을 포함해서 덕이 입을 만한 옷을 찾아 던져주었다.

"어우우…어지러워요…"

그 옷을 받아 들고 길휴를 따라 휴게소 내 1인 욕탕으로 가던 중 덕이 깨어났다. 덕은 길휴의 부축을 받으며 걸었다. 그래도 거친 운행에 다친 곳 없이 기절에서 깨어난 것이 다행이라 생각했다.

"밤이긴 한데, 여긴 어디예요?"

"그만. 입 다물어 냄새나."

어느 정도 가까워지니 둘의 대화가 들렸다. 대략 길휴가 덕에게 상황 전달을 해준 것 같았다. 물론 길휴의 전달 능력을 알기에 내가 한 번 정정을 해야겠지만, 두 번 듣는 것이 한 번보다는 좋은 편이다.

"오랜만입니다. 이번에는 세 명이요."

"가격 인상됐어요."

"또? 휴게소는 할인 없나?"

"없어요."

재미 삼아 애교를 부렸지만, 상대가 재미없었다. 1인 개인 욕탕 카운터에서 값을 결제하고 수도꼭지 손잡이 배정표를 받았다. 어차피 우리들밖에 없기에 나란히 붙여줘도 되겠지만, 온수 배관 이유인지 아니면 아까와 다른 처음 보는 직원이 내 아는 체가 미웠는지 담당 직원은 욕탕을 한두칸씩 떨어지게 배정해 주었다.

"어? 유시님은요?"

"입 다물고. 일단 들어가. 옷은 대충 벗어둬. 그건 버릴 거야."

길휴는 손으로 덕의 등을 밀어 그를 배정된 샤워커튼 뒤 개인 욕탕 안으로 넣으려 했다. 옷을 버릴 것이란 말에 놀란 덕은 자기 옷을 내려다보고 바로 납득하여 자발적으로 샤워실 안으로 들어가 옷을 벗었다. 잘 씻고 다니는 것 같으니 따라 들어갈 필요는 없을 것이다. 덕이 들어간 것을 보고 길휴가 한숨을 내쉬며 나에게 손 인사해 주고 다른 개인 욕탕으로 들어갔다.

"덕이, 새 옷은 여기 넣어 둘게."

"아 고마워요, 그런데 혹시 이거 도와주실 수 있나요?"

개인 욕탕이고 웬만한 시설 설비 사용법은 직관적이었다. 그래서 의아해하며 커튼을 열고 들어가 보니, 덕은 탕과 샤워기를 번갈아 보고 있었다. 그제야 길휴와 덕에게 손잡이를 주지 않은 걸 깨닫고, 수도꼭지 위에 덕 몫의 손잡이를 끼워주었다.

"잠시만, 이러면 뜨거운 물이 곧 나올거고, 탕에도 물이 찰 거야."

덕의 부스에서 나오니 길휴가 자신의 몫을 달라는 듯 빈손을 내밀었고, 나는 거기에 대고 손뼉 맞장구를 쳐주었다. 어이없이 바라보는 얼굴이 즐거워 한바탕 웃어주고 길휴 몫의 손잡이를 내미니 한숨을 꺼지게 쉬고 그는 개인 욕실 커튼 뒤로 들어갔다.

덕이 들어간 욕실 안에서 이빨이 부딪히는 소리가 울렸다. 전체적으로 떠도는 온기 덕에 벌벌 떨 정도는 아니라 생각했지만, 그래도 추위를 느끼는 덕을 위해 커튼 속으로 손을 넣곤 엄지를 들어주었다.

"그, 고맙습니다."

"별 말씀을. 편히 있다가 나와. 트럭 있는 곳은 알지? 운전석 뒤 숙소칸에서 다 같이 잘 거니까, 씻고 거기서 보자."

"그… 나루, 이상하기는 하지만, 같이 씻을까요?"

"응? 갑자기?"

"평소엔 가족 다 같이… 아니다. 아니에요. 저 혼자 씻어볼게요."

"그래. 밖에서 보자. 그리고 수도꼭지 열쇠 반납하는 거 잊지 말고."

콸콸하고 바닥 파이프에 물이 흐르는 소리가 났고 덕의 욕탕에 물이 채워지는 소리가 이어졌다. 커튼 속 손으로 보이지 않는 덕에게 손 인사를 해주며 나왔다. 나는 내가 빌린 욕탕으로 향했다. 물소리는 둘. 지금 여기를 이용하는 고객은 우리 일행뿐인 물소리 숫자였다. 덕에게서 한 칸 건너 욕실에 들어가 손잡이를 끼우니 따스한 물이 바로 채워졌다. 간단하게 씻고 욕탕 안으로 들어가니 몸이 익어 녹아내릴 것 같았다. 손바닥까지 탕 안으로 넣으니, 노동으로 까끌까끌해진 손이 보상받는 기분이었다.

"나 나나 나나나나 난나나."

덕의 콧노래였다. 네칸 정도 멀리서 길휴가 부글부글 탕 안에 머리를 집어넣고 열을 참는 소리도 났다.

"하하하."

즐거워 웃으니 옆 칸에서 덕이 말을 걸어줬다.

"재밌는 거라도 있어- 앗! 뜨거!"

"더기더기, 조심해. 즐겁지 않아? 고된 일을 마치고 동료와 함께, 물론 개인 탕이지만, 탕에서 노고를 씻어내는 게?"

"그런가요?"

"응, 더기, 난 조금 잘게. 물이 식으면 깨겠지."

"덕, 나루는 내가 데려갈 테니까 신경 쓰지 말고 제대로 씻어."

이런 여행이 매일 계속되길 바라며 따뜻한 욕탕에서 잠시 눈을 붙였다.

"어이, 장사치. 감기 걸리겠어."

누군가 깨워서 보니 길휴였다. 옷을 갖춰 입고 내 머리를 바가지로 툭툭 치고 있었다.

"어, 응."

물이 차가웠다. 덕의 소리가 안 들리는 것으로 보아 다 씻은 덕은 먼저 들어간 듯했다.

"어우, 추워라. 온수 추가를 할까?"

"밤늦었어. 자. 가깝긴 해도 내일 점심까지 운전해야 하니까. 나도 자야 하고."

"그럼 먼저 자러 가지 왜 깨우러 왔어?"

"아저씨, 운전사는 아저씨거든요? 감기라도 걸려봐. 내가 고생이야. 잠꼬대 그만하고 나와."

시원하게 헹구고 나와서 길휴와 차까지 밤하늘 아래를 걸었다.

"길휴, 내 소원 기억해? '기억을 지운 자'를 만나서 그자에 대한 함구를 대가로 하는 거."

"기억에서 헷갈려봤자, 너랑 유시밖에 없는데 기억 못 할까
봐? 게다가 유시는 한 번도 자기가 빌 소원이 뭔지 말하지 않으
니 더 기억하기 쉽지. 이런 일상이 계속되는 거잖아."

"지금도 그래. 날씨랑 여러 가지 너무 좋다. 지금이 영원했으
면~"

"징그러, 아저씨. 그런데 뭐든 이뤄주는 소원으로 그런 걸 비
는 이유가 뭐야?"

"그야, '지워진 세계'에선 못 해본 일들이니까."

밤하늘을 올려다보았다. '지워진 세계'의 도심에서는 보지 못
할 별이 올망졸망 모여있었다. 캠핑카로 쓰는 트럭을 모는 것
도 못 했고, 친구들과 모여 여행을 떠나는 것도 못 했다. 길휴
를 보니 이해하는 듯 이해하지 못하겠다는 듯 아리송한 얼굴이
었다. 그래도 내 즐거움이 옳았는지 은은하게 미소를 짓는 듯했
다.

아침이 밝고, 트럭은 길에 올랐다. 어젯밤 밤기운에 취해 더 걷겠다는 나루를 억지로 차까지 끌고 가 재우느라, 피곤해 죽을 것 같았다. 반면, 억지로 더 잔 이는 개운하게 일어나 어제보다 더 난폭하게 운전해 댔다. 컨디션도 별로였고 격렬한 운전에 차라리 망보기 일을 유시에게 이번만 맡기고 싶었지만, 말 안 하는 이에게 맡겨서 갑갑해하는 것보다 내가 하는 것이 나았다.

"이상 무. 도시 보인다."

"운전 이상 무~ 도시 보인다~"

위는 죽을 맛이지만, 아래는 내 말을 장난치며 따라 할 정도로 신났다. 드디어 고행은 검문소 앞에서 끝나게 되었다.

"아시겠지만, 터널이 낮기에 내려서 타십시오."

당연히 도시 내부에선 망을 볼 필요는 없지만, 들어가선 사고 팔 물건 날라야 했다. 그렇기에 이 검문소 터널 구간이 내 유일한 쉼터였다.

간단하게 물품 확인하는 중, 망루에서 내려와 숙소칸의 내 침대에 누웠다. 검문관에게 이상 없음을 확인받고 출발하려는 그 순간에서도 여러 가지 궁금한 덕과 그에 답해주는 나루의 소리가 운전석에서 숙소칸으로 넘어왔다. 룸메이트인 유시는 덜컹거리는 차 안에서도 침착하게 종이에 뭔갈 적다가 고개를 들고 생각하다가 쓰기를 반복했기에 나의 집중은 자연스레 운전석 두 명의 대화로 넘어갔다.

"그래서 예전에는 여권 같은 게 통했군요!"

아마 입국 심사 관련한 이야기를 계속했나 보다.

"그때에는 모든 자원이 지금보다는 넉넉했으니까. 지구 주변에 위성이 돌아서 통신도 원활했던 시절이기도 하고. 무엇보다 전기가 저렴하고 이용도 편리했으니까."

"그래서 나루, 바로 시장으로 가는 거야?"

지루한 이야기를 참지 못해 먼저 작은 창에 얼굴을 들이밀었다.

"아니, 본부 먼저 들릴 거야. 회비부터 내야지."

"본부요?"

"'이름을 기억하는 자'의 모임이 있어. 회비를 내야 '이름을 기억하는 자'라는 걸 인증해 주는 증표를 갱신해 주거든."

"아…?"

"아까 말한 여권 같은 거야. 물론 나처럼 일면식이 있으면 방금처럼 확인을 안 하고 넘기지만, 원칙적으론 보여줘야 해. 신원 인증의 목적도 있긴 하지만, 여러 혜택도 있어. 예를 들면, '이름을 기억하는 자' 회원 전용 연료비나 전기료?"

나루는 트럭의 계기판 위를 손가락으로 툭툭 쳤다. 연료 바늘이 아래에서 허덕였다. 덕은 아하 소리 내며 고개를 끄덕였다. 내가 보기에 덕은 스펀지처럼 말을 흡수했다. 나루나 유시는 좋게 보는 듯했지만, 나는 아니었다. 줏대 없이 흡수한 이야기는 독이기에. 물론, 뒤에는 유시 앞에는 나루가 있기에 이 이야기

했다간 앞뒤에서 왜인지 구술해야 했기에 말을 아꼈다.

"아무튼 헛똑똑이들 떠드는 곳 가고 나서 시장이라는 거지? 난 잔다. 시장에 가면 알아서 깨워."
"예이~"
유시는 터널을 지나고도 터널 안 자세와 다를 바 없이 앉아있었다. 손만 움직이는 석상을 지나 침대에 몸을 뉘었다. 포장이 깨끗하게 안 된 도로인지 트럭이 멈췄다가 출발할 때마다 심하게 덜컹거렸다. 실눈으로 유시를 보자 큰 덜컹거림 속에서도 저 똑똑이는 다리에 힘주어 자세를 유지하며 팔을 놀렸다. 그리고 다 쓴 것인지 자리를 박차고 일어나 사이 창으로 다리를 떨며 다가갔다. 그 기억을 끝으로 침대인지 트램펄린인지 모를 잠자리였지만, 쌓인 피로에 금방 잠에 들었다.

기절하듯 꿈 없이 잠들었다가 큰 소리로 나누는 대화에 번뜩 잠에서 깼다. 숙소칸 창문을 열고 밖을 보니, 밖 풍경은 투박하게 거대한 '이름을 기억하는 자' 본부 건물 앞이었다. 저기 안에는 '이름을 지운 자'라는 바보를 다 안다시피 말하지만, 어설프게 아는 주제에 타인을 깔보는 이들이 있겠지. 뒤를 돌아 유시가 있을 곳을 보니, 역시 유시는 이미 나갔다. 운전석에도 똑같이 인기척이 없었다. 다시 창으로 돌아와 대화의 주체를 보니 나루와 나이 지긋한 접수원이 말을 나누고 있었다.

"이번에 소식지를 보니 이번 달에도 다양한 기술을 '떠올리는 데' 성공했다 하더군요. 상용화는 멀겠지만 기대해도 되겠죠?"
"물론이지. 그래도 나루는 이렇게 제때 회비를 꾸준히 내주시니 어떤 기술이든 우선권이 있겠지."
  "에이, 신세 지면서 당연히 내야 할 돈을 낼 뿐인데. 그나저나
충전소와 주유소 위치가 바뀌었나요? 원래 입구 옆에 있지 않
았나요?"
  "소식지에는 안 실렸지? 이번에 건물 안뜰 자리로 옮겼어. 하
도 전기 기름 도둑놈이 많아서 말이야. 신분 도용이 실패하니
경비랑 직원 적은 시간에 와서 털어가더라고. 그래서 인원을 더
고용하니 그냥 안으로 옮긴 거야."
  "하긴 안뜰이 워낙 넓어야 말이죠. 공원 하나 크기이니, 들어
가 보면 안뜰보다는 정말 공원에 가깝기도 하죠."
  "그래, 그래서 이번에도 트럭이랑 기기 충전?"

  둘의 목청이 커서 트럭 안에서도 둘의 이야기를 뚜렷하게 들
을 수 있었다. 나루는 그러면서 내 호주머니에 있었을 홀로그램
장치와 무전기 등을 바구니에 담아 접수원에게 건네주었다. 그
제야 내 호주머니를 뒤져 내용물이 있는지 확인했다. 침대에 누
울 때만 해도 주머니에 있었다. 하지만 그 잠깐 자는 사이에 나
루가 주머니를 뒤져 가져갔다. 어차피 나한테 더 충전할 것도
가져갈 것도 없었기에 그대로 침대에 누웠다.
  "여어 길휴, 일어났네?"
  침대에 누워 살짝 뒤척이는 중, 이야기를 마친 나루가 숙소칸
으로 들어왔다.
  "이번에 충전이랑 주유 위치가 바뀌어서-"
  "알아, 건물 안쪽 정원?"
  "들었어? 그래서 시간이 조금 걸릴 거래. 대신 걸려도 한 시

간은 아니고 일이십 분? 연료를 여기까지 들고 온다고 해서."
 "그런데 꼬맹이는?"
 "덕이? 덕이는 유시랑 같이 견학 갔어."
 "아, 그래. 그러면 시장에서 깨워."
 하지만 한 번 깬 잠은 다시 오지 않았다. 뒤척이면서 나루와 접수원의 목청 큰 대화, 연료가 채워지는 소리, 그 와중에 이어지는 큰 소리 수다. 내 이름이 몇 번 거론되었지만, 어르신 목소리만 커지는 것을 보니 내 뒷담화임이 분명했다. 엿듣기랑 잠들기 둘 다 포기하고 천장이나 보다 보니 나루가 다시 들어왔다. 오랜만에 자신과 같은 수다의 별을 가진 사람과 떠들고 나니 안색이 부처같이 인자한 안색이 되었다. 가뜩이나 좁은 침대에 굳이 걸터앉기에 인상을 찌푸리며 나루를 노려보았다.

 "다 채웠는데 슬슬 출발할까?"
 "가든가 왜 이러고 난리야."
 "흥미로운 소문이랑 가쉽이 많은 데 안 궁금해?"
 "그런 건 유시한테나 하지 왜 나한테 그래."
 "유시는 별로 안 좋아할만 이야기니까? 너 연구소 2동 비밀 아닌 비밀 연애 알지?"
 "안 궁금하니까 시장이나 가자고."
 "알았어, 알았어. 옮길 게 많을 테니까 일어나서 몸이나 푸셔."
 시답지 않은 연애 이야기 관심 없었다. 나루는 내 배 위에 완충된 홀로그램 장치를 던졌다. 가볍긴 하지만 크기에 비하면 묵직하기에 맞은 배를 문지르며 침대에서 몸을 일으켰다. 시장에

도착하더라도 가지고 내릴 것은 없었고 격식 있는 옷은 원래 없으며 격식 차릴 자리도 아니기에 몸만 풀었다. 다만, 시장에 도착하면 건 약초 더미와 양털 뭉치를 옮기고, 새로 산 물건은 실어 올려야 했기에 낡은 겉옷을 벗어 침대 위에 아무렇게나 던져 놨다. 고개를 숙여 외투 안에 입어둔 견갑을 보았다. 나루가 사다 준 홀로그램 덕에 요즘 잔흠집은 안 나는 편이었다. 다만, 이전의 흠을 메우거나 지우지는 않았기에 너덜너덜해 보이기는 했다. 새로 살 겸 지금 벗어둘까. 하지만 귀찮았다. 얕게 고민하니 나루가 차 시동은 걸지 않고 숙소칸을 통통 쳐서 나오라는 신호를 주었다.

"뭔데?"

"방금 본부에서 쓰라고 전기 손수레 열쇠를 줘서 말이야. 연료도 아낄 겸 해서. 뭔 말인지는 알지?"

무슨 일인가 해서 나오니 이쪽으로 중형 전동 손수레가 오고 있었다.

"그런데 저기에 짐이 다 실려?"

"위로 쌓으면 되지. 잘 쌓으면 다 돼."

막막하고 갑갑해서 거하게 숨을 뱉었다. 그리고 창고문을 열었다. 창고 안 내용물과 중형 수레를 번갈아 보며 눈대중으로 비교해 보았다.

"절대 안 돼."

"안 되면?"

"되게도 하지 말고 적당히 돌아가라."

나루가 되지도 않는 애교를 부리려는 걸 외면하고 창고 안을 다시 보았다. 팔아야 할 약재와 양털을 저 수레에 올린다고 생각해 보았다. 하지만 아무리 생각해도 3번 오가거나 사람 키보다 높이 쌓아 올려야 했다.

"안전하게 가려면 나눠서 옮겨야겠는데?"

"괜찮아! 여기 끈도 있으니까 쌓은 다음에 끈으로 고정하면 돼."

시장까지는 그리 멀지 않았다. 다만, 전동의 장점을 사용하지 못하고 천천히 움직여야 했다. 아무리 모터로 움직이는 수레라 한들, 그 하중에는 한계가 있었다. 그리고 그 한계보다 넘은 화물에 모터는 사람의 도움이 필요했다.

"그냥 왕복하면 되는 걸 굳이 이래야 해?"

그리고 과적 전동 수레를 손으로 끄는 건 나의 몫이고, 뒤에서 화물이 쓰러지지 않는 지 감시하는건 나루의 몫이었다. 당연히 두어번 돌부리에 수레바퀴가 걸려 넘어질 뻔했지만, 빠르게 수레 옆으로 달려 나가 짐 더미가 바닥에 넘어가지 않게 지탱한 덕에 대참사는 나지 않았다.

"아이고, 넘어갈 뻔했네. 역시 길휴야, 반대로 넘어가지 않게 살짝만… 밀면 됐다!"

나루의 의도인지는 모르지만, 넘어지려고 할 때만 도와주며 뱉는 말 하나하나마다 얄미워서 속이 터졌다.

"병원 관계자 불러와."

도시의 병원은 컸다. 예정에 없던 수레 끌기에 지쳐서 병원 입구에 들어가자마자 접수처 책상에 기대었다. 무슨 불량배를 보는 것처럼 접수처 직원은 혐오하는 표정을 짓고는 병원 관계자가 아닌 보안 관계자를 불렀다. 다행이라면 보안 관계자는 저 멀리서 나를 알아보고, 접수처 직원에게 뭐라 말한 뒤 어디론가 가고, 그 직원이 나에게 다가왔다.

"곧 오실 테니 밖에서 대기하시겠어요?"

밖으로 나가니, 나루는 내려놓은 풀더미 옆에서 기다리고 있었다. 곧 온다는 말을 전하고 같이 기다리니 별로 오래 안 가 말쑥한 얼굴의 정장을 갖춘 직원이 다른 일꾼 둘을 데리고 나왔다. 다른 건 몰라도 두 일꾼을 대동해 나와주어 다행이라 생각했다. 자재 담당과 나루의 거래를 보며 두 일꾼에게 가져갈 약재를 가르쳐 주었다.

"미리 내려놓은 것에 압축 양털… 은 이미 약은 가져갔네."

일꾼 둘이 약초만 들고 창고로 향하니, 나루는 난감한 듯 양털을 수레에서 내려 바닥에 내려놓았다.

"양털 포함이었어?"

"쓸 곳이 따로 있다고 더 사 간다고 했어. 시장 먼저 가 있을 테니 길휴가 양털 옮기고 올래?"

담당자에게 거래 증서와 대금을 받은 나루는 수레를 움직여 보았다. 야속하게 짐이 확 줄어 무난하게 잘 움직였다.

"그러지 뭐. 무슨 일 날 게 있을까."

수레에서 양털 한 덩어리를 들어내 어깨에 메었다. 부피만 컸지 옮길만했다. 나루에게 건성으로 손을 흔들며 담당자 따라 병원 창고로 양털을 옮겨 주었다. 지하가 아닌 지상 창고였기에 지하 곰팡내는 안 났지만, 병원 특유의 소독 냄새가 났다. 그래

도 그 냄새가 좋은 냄새는 아니었기에 나르자마자 창고 밖으로
나왔다.

"이번에도 전지 아니면 전자제품을 사겠지. 근데 수레로 되려
나."
　계속 뱉는 푸념같이 발에 걸리는 작은 돌멩이를 차며 시장으
로 갔다. 일상적 풍경, 물론 세상이 한번 대격변을 겪곤 전통
시장에 가깝게 변한 시장이었지만, 사람들은 이 새로운 세상만
의 생기를 가졌다. 아마 이불 가게 같은 곳에 있겠지. 아니면
본부로 돌아가 그곳에 딸린 도매상에 갔거나. 나는 딱히 나루를
찾지 않고 사람 속에 섞여 거리에서 거리로 흘러갔다. '지워진
세계'에서는 창을 들고 다니면 네 발자국 이상 사람들이 멀찍이
갔겠지. 하지만 치안이나 테러가 일상이 되었지만, 화약은 사치
인 세계에서 창 정도는 조금 유난인 호신용품 취급 받는 것이
담담하게 안타까웠다.
　"저런 수상한 인간이 문제인 거지."
　시장 거리를 걷자니 '과일의 이름'이라는 간판을 단 과일 가
게 앞에 자세가 뻣뻣한 사람이 서 있는 게 눈에 띄었다. 장바구
니라기엔 과하게 한쪽이 튀어나온 큰 가방과 어색하고 어설픈
낮은 자세. 백인회와 자주 부딪히며 작은 마을에서 테러를 몇
번 경험해 본 바에 따르면, 대의라는 명분으로 백인회 회원이
자살 테러를 할 때 저런 분위기를 풍겼다. 그냥 특이한 사람인
가 하고 계속 수상한 인물을 보며 걸었다.

"새로운 사람 위해 깃발을 흔드-"

내 몸이 먼저 반응했다. 물론 빤히 보고 있어서 그쪽도 내 얼굴을 계속 쳐다봤겠지만, 내 얼굴을 유심히 보고선 요란하게 스위치를 들었기에 반응할 수 있었다. 주먹으로 스위치가 든 손을 가격했다.

"하, 얘들은 교육 방침을 안 바꾸나? 테러를 자연스럽게 하는 방법도 이름 지우는 뭐시기가 같이 가지고 죽었나."

오른손에 들고 있던 기폭 장치를 떨어뜨린 테러범에게 다가갔다. 재수 좋게 바닥에 떨어진 스위치는 작동하지 않았다. 그 작자가 얼얼한 오른손을 털고 왼손으로라도 주워 버튼을 누르려고 했기에 발로 걷어찼다. 옷 속으로 선을 숨긴 유선 스위치였기에 빨간 버튼은 그렇게 멀리 날아가지 못했다. 미늘창을 꺼내 들어 테러 미수범의 어깨를 찔러 넘어트렸다. 잠시 도시에서 나온 동안 테러가 일상인 수준이 되었는지 다들 이 장소에서 차례차례 벗어났다. 사이렌 소리도 울리기에 곧 있으면 테이저건을 지참한 도시 치안대가 올 것이었다. 다만, 그들이 언제 어디서 올지는 모를 일이었다. 그리고 만약 넘어진 자가 일어나 자폭 스위치를 누르면 일반인 피해는 없겠지만, 이 개죽음은 그들 안에서 영웅담으로 퍼져 다른 테러의 시발점이 될 수 있었다. 그렇기에 곧장 비틀거리며 기폭 장치에 손 뻗는 이에게 달려가 그 손을 발로 지르밟아 주었다.

"하, 백인회 어느 지부인지는 모르겠는데. 전할 수 있으면 테러 방법 교육 좀 제대로 하라고 해라."

혹시 모를 사태에 다른 손도 남은 발로 밟아 제압했다. 자살 게릴라 테러라면 하나 살려서 잡은 건 큰 성과지. 딱히 벽인이고 홍인이고 어떤 편도 아니지만, 위협이 된다면 누구든 잡거나 죽일 뿐이었다.

"붉은 머리, 홍인 맞지?"

"그, 머리가 붉다고 홍인은 아니거든?"

"'새로 쓰여진 자'인 우리는 너희들을 저주한다… 영원히."

"얘 눈알 돌았네."

착잡한 한숨이 깊게 나왔다. 새삼 유시나 나루가 보고 싶어졌다. 내가 아무리 대화를 잘 이해하지 못하고, 오해하고, 그리고 그 둘에게 무시당할지라도 양방향 소통이었다. 하지만 이렇게 자기 할 말만 하는 외소통들을 보면 가슴이 막막했다.

"그래라 그래. 그래서 이번에도 전기세 내려달라는 그런 시위냐?"

"퉤. 우린 피 냄새 풍기는 홍인과 이야기하지 않는다."

나는 얼굴에 튄 침을 손바닥으로 대충 훑었다. 등 뒤에서 호루라기 소리가 들렸다. 고개를 뒤로 돌리니 치안대에서 보낸 듯한 네 명이 왔다. 정확히는 같은 유니폼 셋에 기분 나쁜 분위기를 풍기는 중년 하나였다.

"제압하셨군요, 길휴 맞으십니까?"

"어어. 수갑을 채우든 오라를 씌우든 기절시키든 하라고."

그중 선봉에선 대장 격인 이가 둘에게 체포하라 명했다. 그 명령을 듣고 하나는 테러범 가방에 들어있을 거라 생각했던 것과 다른 위치인, 가슴을 덮은 폭탄을 바로 척하고 제거하고, 하나는 나를 그 녀석 위에서 치우고 내가 뭉갠 두 손에 손모아수갑을 씌웠다. 창이 꽂힌 채로 곧장 연행해 가려 했기에 가는 이를 불러 세워 내 것을 회수했다. 테러 미수범은 비명을 질렀고, 괴물 보듯 치안대가 나를 보지만 어쩔 것인가.

"아주 척척척이네."

"그리고 길휴, 당신은 절 따라오시죠."

"넌 또 누군데?"

"이런 사람입니다."

기분 나쁜 중년이 인상도 쓰지 않고 조끼 안쪽에서 무슨 배지 같은 걸 보여줬다. 생김새나 크기를 보니 '이름을 기억하는 자'에서 중한 직책을 맡는 자에게 주는 배지 같았다. 하지만 직감은 왠지 아니라고, 따라가면 안 된다고 하고 있었다. 그리고 보니 이상하게 빠르다. 출동 이후부터 일사천리로 이미 아는 일마냥 절차를 진행했다. 나는 등 뒤에 미늘창을 매어 고정하는 척하며 손을 창에서 놓지 않았다.

"뭘 하는 겁니까?"

내가 경계하며 따라오지 않는 것을 보아 상대도 눈치가 없지는 않았다.

"아, 등에 메는 고정쇠가 느슨하네? 왜? 이걸로 벨까 봐?"

미늘창의 날을 바닥에 내려놓듯 앞으로 꺼냈다. 뒤에서 다른, 처음 것보다 낮은음의 호루라기가 들렸다. 다시 돌아보니 아까와 같은 치안대 셋이 내 쪽으로 달려오고 있었다. 뇌리를 스치는 한 단어, 속임수. 배지 보여줬던 중년을 황급히 돌아보니 비릿하게 웃으며 시야에서 사라졌다. 아마 내가 가진 홀로그램과 같은 장치일 것이다. 처음부터 여기 없었을 수도 있었다. 고로, 지금 나 홀로 테러 미수 현장에 있었다.

개정 10년 10월 11일 점심
도시; '이름을 기억하는 자' 본부
유시 재생

"뭔가 많네요!"

"사치."

"그래도 사치할 힘이 있다는 뜻 아닐까요?"

처음 도시에 왔다 한 덕은 본부 안 정원을 둘러봤다. '이름을 기억하는 자' 본부 건물이 도시 중심은 아니었지만, 건물주가 '이름을 기억하는 자'로만 이루어졌기에 '지워진 세계'에서 살아남은 것 포함 값비싼 장식이 많았다. 특히, '새로 쓰여진 자'인 덕의 기억엔 '새로 쓰여진 세계'의 기억만 있을 것이다. 추측이었다. 근거는 안뜰 정원에 설치된 할로겐 등을 보고 무엇이냐 묻고, 연구원마다 인사하며 모든 걸 신기해하는 모습이었다. 만약, 모든 것이 신기한 덕이 '지워진 세계를 떠올린다면 어떨까. 짧게 생각한 결과, 달라질 것은 없었다. '이름을 기억하는 자'에 낼 가입비부터 매달 헌금까지 막대한 돈이 없기에 세상을 개혁할 기술을 떠올리는 것이 아닌 이상, 덕은 이대로 남을 것이다. 잠깐의 망상을 뿌리치고 여기저기 궁금해하는 덕을 시설 견학 담당자에게 맡겼다. 덕은 소문으로만 들은 도시를 직접 보고 공부한 다음에 도움을 요청하고 싶다고 했다. 그리고 이에 반대할 이유는 없었다. 그렇게 헤어지고 나서 서고로 갔다. 인류가 쌓은 깊고 넓은 지식을 최대한 보존하기 위한 곳이기에 기온 습도 모든 것을 깐깐히 맞춰 두었다. 여기저기 감시 카메라가 움직이고, 드물기는 하지만 연구원을 빙자한 감시 인력도 있었다.

"찾으시는 것이라도 있습니까?"
종종 서고 안에서 마주치는 사람이 반은 감시자로서, 반은 호기심으로 물었다. 고개만 끄덕이고 답 없이 내 갈 길 갔다. 한때 자주 오던 곳이기에 나는 내가 가야 할 곳을 알고 있었다. '이름을 지운 자' 정보 구역. 서고 담당자 책상 바로 옆 구역이었다.
"유시, 이번에도 새로운 정보가 들어왔나 해서 오셨나이까?"
"응. 있어?"
"늘 그렇듯 몇몇 들어온 게 있지만, 필요하신 건지는 당신이 봐야 하겠죠. 이름을 까먹은 자여."
서고 담당자, 시아는 놀리듯 웃었다. 어차피 서고는 도서관이 아닌, 자료 보관이 목적인 장소였기에 웃음이 퍼지든 누구든 상관하지 않았다. 다만, 보안이나 자료 열람 중 집중 등의 이유로 큰 소리는 자제하라는 경고문이 있기는 했다.

"자, 이름을 까먹은 자 입장이요."
시아는 자기 자리 옆문의 잠금을 지문 인식으로 풀어줬다. 몇몇 직원은 훼손된 문서를 복원 중이고, 몇몇은 지도를 보며 토론 중이었다. 내가 들어서자, 토론을 멈추고 나를 보았다가 다시 각자 할 일을 했다. 나름 일급 보안 구역이기에, 열람 기록부에 서명하고 이번 분기 보고서 뭉치를 받았다. 종이 뭉치 맨

위의 '이름을 지운 자'가 누구인지에 대한 연구는 여전히 제자
리걸음이었다. 하지만 내가 찾는 것은 사람이 아닌 장소였기에
보고서 제목을 토대로 보고서 서너개를 넘겼다.

"이름을 까먹은 자, 그래서 알고 싶은 건 찾았어?"

시아가 어깨에 팔을 올렸다. 입에서 매콤한 냄새가 났고, 입
가에는 붉은 기름이 남아있었다. 자세를 바로 세우고 내 입에
손을 대어 입을 닦으라는 신호를 줬다. 부끄러운지 점심을 라면
으로 때운 이는 입가를 소매로 닦았다.

"흠흠, 그래서 뭘 찾는 거야?"

부끄러운 이는 곧장 내가 읽는 보고서를 덮어 제목을 확인했
다.

"['지워진 세계'의 논리 연구소]? 가보게? 여기 실린 곳 대부
분은 이미 탐사가 끝났거나 털렸거나인데. 아무튼 영양가 있는
보고서는 아니야."

"그럴까?"

"그렇지?"

말하지 않음으로 나에게는 의미 있음을 알렸다. 그리고 상대
역시 그 보고서가 의미 없음을 관철하기 위해 침묵을 선택했다.
눈을 맞춘 지 20초, 30초. 먼저 진 쪽은 상대였다.

"아무튼 내 점심시간 플러스 휴식 시간이니 놀아주는 건데,
재밌는 이야기 없어?"

"없음."

"이번에 누구 데려왔다며? 신원 보증은 또 나루겠지만, 이번
엔 어떤 사람이야?"

"상관 없음."

"그러다가 이름을 까먹은 자 별명처럼 친구를 까먹은 자 별명 생기는 거 아냐? 저번처럼 '나, 이름을 지운 자' 가능성.' 같은 의미 불명의 망언이나 뱉지 말고."

"가서 쉬어. 헛소리 말고."

칭얼거리는 이를 무시하고 보고서에 첨부된 지도를 보았다. 세계 여러 곳에 설립된 연구소의 위치. 기이하게 한 지역만 연구소가 없었다. 사막지대. 보급도 삶도 어려운 지역.

"이 지역 탐사됨?"

보고 있던 지도를 시아에게 보여주었다.

"보고서 봐. 왜 나한테 물어? 난 서고 담당자지 연구원이 아니야."

그녀에게 물어보니 황당해했지만, 책상에 걸터앉아 내가 보는 것을 엿보았다.

"음, 없는데? 앞장 봐봐. 연구 방법에 조사한 지역 있지 않아?"

"없네."

"그럼 안 한 거지. 각주에 안 했는지도 적혀있을걸?"

"여기 보관 중 자료 아님. 밖 서재 자료."

"궁금해졌네. 참고문헌 제목 외웠지? 양식 보니 보고서런데."

읽던 보고서를 반납하고 시아와 함께 지역 조사 구역으로 나왔다. 수많은 상자가 자료를 담고 있었고, 그 자료의 대다수 위치를 몸과 머리로 외운 시아 덕에 쉬이 찾았다.

　지역 조사 보고서, 사막 쪽에는 한 번에 석 달 동안, 세 번의 조사대를 한 해를 걸쳐 파견한 끝에 생태계 조사와 유물 탐색을 끝냈다고 적혀져 있었다. 보고서에 따르면, 식생은 여느 사막과 같았으며, '지워진 세계'와 연관된 유적과 유물은 발견되지 않았다. 이를 증명하듯 첨부된 사진 자료 중에 지하를 스캔했지만, 아무것도 발견되지 않은 사진과 모래밭인 풍경을 담은 사진이 있었다. 물론 유물과 유적이 존재 했지만, '이름 소거' 이후 '새로 쓰여진 세계'의 날조된 유산이었다.

　"유시~ 이름 건망증 씨? 정신 차려!"

　읽고 있던 보고서로 시아의 손이 들어왔다. 고개를 들어 보니 그녀는 다른 보고서를 손에 들고 있었다.

　"자, 이건 그 페이지에 있는 유물에 대한 지역 유목민 인터뷰 자료. 왠지 찾을 것 같아서 들고 왔는데, 통찰의 그 유시도 감이 죽었나? 관련 자료를 내가 먼저 다 가져오고 말이야."

　시아는 보고서 두어 뭉치를 내가 읽던 부분 위로 흘려주었다. 가볍게 목차부터 순서대로 넘기며 속독했다. '흔하게 발굴되는 네모 항아리가 '새로 쓰여진 세계'에서 가지는 의미' 나 '땅 돋움 별 모양 우물 유적과 지하 사후 세계' 같이 역사가 바뀌며 만들어진 역사와 유물에 관한 인터뷰 자료이기에 내 기준 영양가 없는 내용이 대부분이었다. 다만, 신경 쓰이는 어구가 있었다. 보고서를 맨 앞장으로 돌렸다. 기시감의 해결을 위해 한 장씩 넘기며 종이 위 글자를 글자가 아닌 그림으로 받아들였다. 반복해서 나오는 단어, 땅 밑과 땅속. 토속신이나 재앙 등의 단어를 무시하며 장을 넘겼다. 일관되게 땅 밑에 무엇인가 있음을 암시하고 있었다. 다시 조사 보고서를 꺼냈다. 지하 탐지 장치는 파동을 이용해서 지하에 매장된 물건을 찾는 방식이었다. 누구도 직접 지하를 파보았다는 내용은 없었다. 즉, 지하에 탐지 장치의 눈에서 벗어난 무엇이 있을 가능성이 있다.

"무언가 발견했어?"
"큰 가능성. 큰 모험이지만 도전할 가치가 있는 것."
"그래서 정보를 더 모을 필요는 없고?"
"'지워진 세계'의 전기 배선이나 수도관 유물 자료. 사막이나 사막 주위로."
"그건 여기가 아니라 저쪽이긴 한데, 내가 가져온 건 내가 정리할 테니 그건 나 주고 네가 꺼낸 건 제자리에."
시아는 인터뷰 자료를 내 손에서 가져갔다. 꺼내온 것을 돌려놓고, 거대한 세계 모형을 지나 책장에서 사막 부근을 그린 지도를 꺼냈다. 기이했다. 예상대로 사막을 관통하거나 그 안에 매설된 배관은 없었으나, 사막 주변 '지워진 세계'에서 살아남은 발전소 유적이 많았다. 물론 세계 규모의 발전소 관련 지도를 보지 않았기에 느낀, 편협한 정보로 인한 확증편향일 수 있었다. 그렇기에 더 많은 정보가 필요했다. 다른 지도를 꺼냈다. 특히 발전소나 관련 유적 위치가 나온 지도 위주로 뒤져보았다. 지력 수력 풍력 설명 불가한 힘. 다양한 동력원을 전기로 바꾸던 발전소가 여기저기 세계에 퍼져있었다. 다른 수상쩍은 지역이 없는 건 아니지만, 지금으로서는 이 사막이 '이름을 지운 자'의 '논리 연구소'가 있을 가능성이 컸다.

"하긴, 논리 연구가 전기를 많이 잡아먹었지. 지금은 생각도 못 할 만큼의 전기를 말이야."

시아가 헛기침하며 내 뒤에 서 있었다. 머릿속으로 가늠한 시간으로 보아, 곧 그녀의 점심 휴게시간이 끝날 것이다. 그렇기에 시아는 간단한 인사를 건넬 것이라 예상했다.

"그래서 대머리 설득해서… 여기 사막으로 가려는 거지?"

시아는 뜸을 들였다. 간단한 인사 말고 더 뭘 말하려는 듯. 이런 상황 이런 뜸 들임. 뭘 말하고자 하는지 가늠이 되었다. 하지만 그 애정이라는 감정은 그녀에게는 있겠지만, 나에게는 없었다.

"뭘 말하고자 하는지 알아."

"꼭 가야 해?"

"응."

"그러면 왜 가야 하는지만 말해줘. 매번 그자를 만나면 빌 '소원'이 뭔지 물어봐도 '큰 뜻.'이나 '알아야만 하는 것.' 이러니, 다들 널 의심했었잖아. 네가 '이름을 지운 자'가 아닐까… 그러니 혼자 생각하고 혼자 움직이고 최소한의 말만 하는 거 그만하고…"

내 뒤에 서 있던 시아는 몸을 뒤로 돌렸다. 그 모습을 직접 보지 않아도, 그녀의 그림자가 반 바퀴를 돌았기에 알 수 있었다. 그녀는 목소리에 묻어나올 감정을 억누르려 했지만, 감정의 떨림이 소리에 묻어 나왔다.

"이렇게 말해도… 넌 네 고집을 안 꺾겠지? 갈게."

시아가 발을 끌며 다섯 걸음, 나는 발전소 분포도를 복사기로 가져가기 위해 일곱걸음 걷자, 귀가 먹먹해지는 폭발음이 벽에서 울렸다.

　사이렌 소리. 테러가 일어났을 때의 빨간 불. 무너진 벽을 통해 폭파범 무리가 들어왔다. 먼지구름으로 인해 그들이 들고 온 무기는 정확히 모르나, 손을 얼굴 근처로 가져간 것과 지면과 평행하게 든 막대기임으로 보아 총이었다. 들어오는 발소리로 추정되는 상대의 수는 최소 일곱. 예상 못 한 테러로 무사히 복사기를 쓸 수 없기에, 복사하려던 지도를 코트 안주머니에 넣었다. 소리를 죽이고 자세를 낮췄다. 예상한 발포. 뒤따라 들리는 사람이 죽어가는 신음. 다른 폭음. 무너지는 소리. 발소리는 사방으로 퍼졌다. 특정 지점으로 몰리지 않은 발걸음은 테러범들이 찾는 것의 명확한 위치를 모른다는 뜻. 또한 그것은 의도치 않게 숨은 날 찾을 수 있다는 것으로 이어진다.
　"자…잠시만요… 뭘 원하시는 지 말씀해주시면 안내 해드릴게요."
　시아의 목소리였다. 목소리 방향을 보니 그녀는 책장 사이에 숨은 내 쪽을 보고 있었다. 숨은 채로 그녀의 말 상대의 발을 보았다. 이쪽으로 오다가 시아의 말에 시아쪽으로 발을 돌렸다. 왜 그런 짓을. 시아의 오른쪽에서 뭐라 소리침과 잠깐의 침묵 그리고 발사. 시아의 비명이 들리기에 시아를 쏘지 않았다. 상황으로 보아 도와주지 않는 자는 가차 없이 죽이고 있었다. 아니라면 부상자 이송을 유도하기 위한 최대의 부상. 시아를 도울까? 하지만 무기도 없고, 그녀를 구해준다고 하더라도, 구조대가 오기 전까지 다음 수는 없었다. 이미 서고 절반 이상이 발소리로 울리고 있었다. 어찌하여도 이 상황을 뒤집을 수가 없기에, 숨을 죽이고 시아가 앞장서 안내하는 걸 보았다.

　침략자들이 모이고 있었다. 발소리와 언뜻 보이는 그림자를 통해 테러범을 피해 무사히 그 침략자들이 만든 구멍을 통해 밖으로 나왔다. 가야 할 곳은 테러 대응본부. 그곳이 안전한 곳이기도 하지만, 안전보다 내가 필요로 한 것은 정보였다. 무슨 일이 어떻게 왜 일어나는지 알기 위해서, 해결책을 알아내기 위해서 그곳으로 가야 했기에 재빠르게 발을 놀렸다.

"우와, 신기해요!"

'지워진 세계'의 '논리 변형' 재현에 감탄사가 절로 나왔다. 각설탕 크기의 은 큐브를 다른 견학생의 음료수에 넣었더니 순식간에 얼고, 패널을 조작하니 한순간에 병 자체가 연기가 되어 사라지는 신기한 장면마다 놀라니 견학 담당자라 하시는 분이 나를 매섭게 노려보았다. 이런 나의 감흥과 달리 다른 사람들은 견학이 지루한 듯 하품하고 몸을 나른하게 늘어뜨리며 간신히 걷고 있었다. 견학 담당자를 포함해서 다들 가슴에 똑같이 생긴 배지를 달고 있었다. 아까 '이름을 기억하는 자'인 연구원이라고 한 사람들은 다른 디자인의 배지를 달고 있었기에 이 배지에 담긴 의미를 알 수 없었다.

"오늘 시설 견학은 여기서 마치…기 전에 간단한 퀴즈를 진행하려고 합니다."

견학 담당자는 크로스백에서 사탕을 꺼내 보였다. 사탕 때문인지 몇몇은 의욕을 가지고, 몇몇은 그래도 주위에 다른 재밌는 것이 있는지 살폈다.

"'이름을 지운 자'가 세상에서 자신을 지운, 자신이 세상에 없던 것으로 만든 사건은 뭘까요?"

"'이름 소거'요!"

"손 들고 정답을 말 해주세요."

"정답! '이름 소거'요."

내가 손을 들지 않고 답을 바로 말해서 순발력 빠른 다른 애가 내 사탕을 뺏어갔다.

"그럼, 왜 '이름을 지운 자'가 '이름 소거'를 일으켰는데, 역사와 기록이 변형된 '새로 쓰여진 세계'가 만들어졌을까요?"

"…어, 정답?"

아무도 답을 바로 말하지 않았기에 조심히 손을 들었다. 견학 담당자께서 말해보라는 듯 손으로 손 든 나를 가리켰다.

"그… 논리 변형을 일으킬 때 세상에 일어날 일을 예상해서 여러 장치를 뒀으나… 무슨 논리 장애가 일어나서 완벽하게 지워지지 않아서 '새로 쓰여진 세계'가 되었어요?"

"어떤 논리 장애가 일어났는지는 조사 중이나, 아직 확실히 알아낸 것은 없어요. 여기 사탕 받으세요."

견학 담당자는 나에게 사탕을 건네주곤 오늘 견학은 여기서 정말 마친다고 하며 박수 두 번 치며 집에 조심히 들어가길 기원해 줬다.

집, 집 생각이 간절해지면서도 사탕 껍질을 까 입에 넣었다. 딸기 크림에 달콤한 맛이었다. 출구 근처에 서서 주위를 둘러보고 있으니 견학 담당자분이 말을 건넸다.

"열린 역사관은 저쪽입니다."

견학 담당자가 나를 보고 손가락으로 표지판을 가리켰다. 표지판 방향으로 작은 별관이 있었다. 아마 보시기에 이 세상에 대해 더 배우고 싶은 학생으로 보였나 싶었다.

"감사합니다."

갈 곳도 없기에 역사관으로 걸어갔다. 아무도 없는 안내데스크를 지나 '이름을 기억하는 자'가 '새로 쓰여진 세계'를 세우기 위해 한 여러 업적을 다룬 업적실로 들어갔다. 이전 세계에서 넘어온 전자기기 유물을 쓰기 위해 발전기를 기억에서 되살려 만들어 내고, 만들어낸 전기를 이용하는 디지털 컴퓨터의 되발명과 활약상 이야기가 방 한가운데에 크게 전시되어 있었다. 다른 이야기도 '이름을 기억하는 자'가 세상에 기여한 바가 주제였다. 천천히 둘러보고 다음 전시실인 '이름을 지운 자'에 대한 추론과 연구를 다룬 추론실로 향했다. 추론실은 방금 나온 업적실과 달리, 방 크기도 작고 불빛도 약했다. 자료가 별로 없었나 보다. 볼 것이 없어 빠른 관람을 마치고, 업적관과 추론관 다음으로 마지막인 비전관으로 발을 뗐다.

[우리는 세상을 더 밝게 만들 것입니다. 어떠한 역경이 찾아오더라도 모두의 이름을 기억하기 위해서.]

마지막인 비전관은 앞으로 '이름을 기억하는 자'가 할 계획에 대해 안내하고 있었다. 한쪽 벽에 설치된 큰 가짜 창문을 가리키는 거대한 석상 아래 기계 장치에서 같은 소리가 반복해서 나왔다. 그리고 위아래로 흰옷을 입은 누군가 그 석상을 올려다보고 있었다.

"안녕하세요?"

호기심이 들어 그 사람에게 다가갔다. 가까이 보니 흰옷에는 파란 사선 무늬가 있었다. 직원분인가? 역사관을 구경하면서 한 번도 사람을 못 봤다. 그 흰옷의 중년분은 나를 위아래로 훑어보더니 나이 지긋한 분들이 하시는 잔잔한 미소를 지었다. 문득, 왜인지는 모르겠지만, 베일리 삼촌이 생각났다. 어릴 때부터 삼촌은 백인회 이야기를 들려주시기 전에 홍인은 다 죽어야 한다며 '이름을 기억하는 자'를 비난하며 이야기를 시작하셨다. 하지만 눈앞의 신사분은 미소를 띠셨고, 기억 속 삼촌은 인상을 찌푸리셨다. 그렇지만 둘이 하나로 겹쳐 보였다.

"도시 애가 아니군. 견학 왔니?"

"아, 티가 나나요?"

분명 어젯밤에 나루가 준 옷은 목장 일이나 고된 일을 할 사람이 입을 옷이 아니었다. 설마 옷에 양털이나 혹은 냄새가 나나 싶어 몸을 이리저리 살펴보았다. 하지만 옷 냄새도 도시 사람 냄새고, 바짓가랑이 근처에는 얼룩이나 흙도 묻지 않았다.

"신발."

신사분이 내가 살피는 모습이 우스꽝스러운지 아니면 재밌는지 눈웃음을 지으셨다. 그리고 장갑 낀 손으로 내 신발을 가리키시기에 고개를 숙였다. 장화에 여기저기 흙이 묻어 있었다.

"진흙탕을 밟아서 그래요."

"그래?"

내가 생각해도 어설픈 핑계를 댔다. 물론, 도시에서 나고 자라지 않은 게 숨길 거리는 아니었지만, 노신사의 반응이 이러니 핑계가 자동으로 나왔다. 나도 알아챌 거짓말에 신사분은 즐거운지 나에게 한 걸음 다가오셨다.

"이름이 어떻게 되지?"

"저는 덕이에요. 어르신 성함은 어떻게 되세요?"

"성함이라, 잘 배웠구나. 내 이름, 아니 성함은 시적이란다."

"시적.. 시적… 무슨 뜻인가요? 아, 우선 제 이름은 부모님이 베풀고 살라고 해서 덕이라도 지어주셨어요."

시적, 어머니는 삼촌이 노을을 보며 감상에 젖어서 하는 말이 시 같다고, 시적이라고 했다. 그 시적이겠거니 짐작했지만, 혹시 모르기에 물어보았다. 하지만 예상과 다른 답이, 왜 베일리 삼촌이 생각나는 답이 나왔다.

"시해라는 단어를 아니? 윗사람을 죽인다는 뜻의 시 자를 쓴단다."

"네?"

"적은 붉다는 뜻을 가지지."

중년 신사는 석상을 올려다보았다. 그리고 주머니에서 무언가의 장치를 꺼내 그것을 유심히 보았다.

"덕, 어른으로서 조언하나 하마. 여기서 출구 방향으로 직진해 최대한 멀리 도망치렴."

그리고 하얀 신사는 출구로 나긋하게 발을 떼었다. 그분이 나가자마자 저 멀리서 폭탄이 터지는 소리가 났다. 나도 그 신사가 나갔던 출구로 황급히 달려 나갔다. 정신없이 나가자, 빨간 등이 여기저기 켜져 있었다. 그리고 총을 든 여러 무리가 여기저기 달려 나가고 있었다. 큰 폭발이 한번 난 것이 아니었다. 한 번에 작은 폭발이 여러 곳에서 났기에 큰 폭발로 착각한 것이었다. 이 건물에서도 저 건물에서도 연기가 올라왔다. 그리고 작은 폭발은 계속 이어졌다. 시적은 아까 음료수병처럼 증발해 사라졌다.

"중앙동으로 알파팀, 연구동으로 베타팀. 뭐, 시장에서도? 하천에도 지원 보내야 하는데? 도시 치안대 연락 여전히 안 돼?"

오른쪽에서 다급한 소리가 들려 고개를 돌리니 누가 봐도 지휘관인 분이 무전기를 들고 있었다. 지휘관이면 지휘실에 있어야 하는 것 아닌가? 다가갈지 고민했지만, 내가 가서 말을 걸면 방해만 될 것이 분명했다. 홀로 어디로 가야할 지 몰라 주변을 돌아보니, 아까 같이 견학했던 사람들이 한 쪽 방향으로 다 같이 이동하는 게 보였다. 나 역시 대피 행렬에 합류하려 했다.

"증표."

행렬 인솔자로 보이는 분이 합류하려는 나를 가로막았다.

"증표요?"

"회원 증표 없어? 그러면 대피소에 못 들어가. 방해하지 말고 저리 꺼져."

그리곤 인솔자는 나를 밀쳐 넘어뜨리고 대피소로 들어가는 사람들에게 꾸준히 외쳤다.

"'기억하는 자' 증표 보이게 꺼내십쇼! 잃어버리시면 못 들어갑니다! 저기 지난달 거 꺼내신 분, 최근 발행한 걸로 꺼내십쇼!"

저 테러 대피소는 '이름을 기억하는 자' 전용이었다. 그들만이, '이름을 기억하는 자' 중에서도 매달 갱신되는 것 중에서 최근에 발행한 증표가 있는 자만이 들어가는 공간이었다. 2차 폭발이 일어났다. 대피 인원이 적었기에 입장하는 줄이 끝나자, 대피소 문이 닫혔다. 어떻게 해야 하나. 지진, 산불, 태풍에 대한 대피법은 배웠지만, 폭발 테러는 어찌해야 할지 아무도 가르쳐주지 않았다. 아, 강도단이 들이닥치면, 어디든 숨으라 했다. 하지만 야외에서 듣는 폭발음과 진동에 머리가 어지러웠다. 오른쪽인지 왼쪽인지 모를 방향에서 소리가 들렸다. 하지만 더 어지럽지 않도록 고개를 천천히 돌렸다.

“거동 수상자 잡았습니다…”
숨을 곳을 찾는 나에게 뒤에서 누군가 서슬 퍼런 칼날을 겨눴다. 목을 돌렸다. 눈과 눈이 마주쳤다. 떨리는 눈, 그 눈이 떨리는 나의 눈을 비췄다. 내 또래로 보이는, 아까 대피 행렬을 이끌던 사람과 같은 유니폼을 입은 소녀가 검을 겨누고 있었다.
”넌, 백인이냐!”
빠르게 내리꽂는 말의 울림은 나의 몸을 때렸다. 머리와 몸 둘 다 울리기에 내 목에 칼이 있다는 것도 잊고 고개를 빠르게 가로로 저었다. 목이 따가웠다. 손을 올리니 칼이 닿았다. 그리고 손에 피가 묻었다. 어지럽다. 근데 저기 저 온몸을 싸맨 사람, 유시인가?

“… 깨어나면 나가시면 됩니다.”
머리가 마지막 기억처럼 울렸다. 천장이 흔들린다. 누군가 내 앞에서 손가락을 튕기며 딱딱 소리를 냈다. 그 손의 주인 방향으로 목을 꺾었다. 유시였다. 그분은 내 앞에 작은 불빛을 가져다 댔다. 눈이 부셔 인상을 찌푸렸지만, 그분이 다른 손으로 내 왼쪽 눈을 강제로 열었다. 해하려는 것이 아니라는 걸 알지만 불쾌했다. 다행이라면 유시는 나를 곧장 놓아주시고 누워있던 나를 일으켜 주셨다. 점점 눈이 주위에 익숙해지자, 주위를 보았다. 하얀 벽에 하얀 침구, 병실인 것 같았다. 어머니가 모사한 것과 비슷하지만, 다른 환자는 보이지 않았다.

"병원, 독실. 가야 해."

의자에서 일어난 유시는 나에게 손을 내밀었다. 그제야 목에 무언가 붙어있는 게 느껴졌다.

"손대지 마. 스친 것뿐이지만, 덧나거나 흉 질 수 있어."

밴드를 신기해 만지작거리다가 유시의 말에 손을 뗐다. 유시의 부축으로 병실 밖으로 나올 수 있었다. 밖은 소란스러웠다. 환자와 의료진이 섞여 소리치고, 뛰고, 빌고, 울고, 기도했다.

"백인회, 테러."

유시는 내 손을 잡고 병원 밖으로 나왔다. 조용한 곳이 없었다. 작은 연기는 이곳저곳에서 피어나고 있었다. 테러에 대해 아는 것이 없기에 아무 말 하지 않고 유시를 보았다.

"진압은 됐어."

"이게요?"

"응."

내가 빤히 바라보자, 유시는 의자를 가리키고 느린 발을 옮겼다.

일어나자마자 걷고, 걷다가도 앉으니, 머리가 아팠다. 생각할 힘도 없어 아무것도 묻지 않고 가만히 있었다. 먼저 말을 꺼낸 건 옆자리였다.

"처음."

숨을 조용히 세 번 들이마셨다가 내쉰 뒤에야 말을 이으셨다.

"백인회에서 이렇게 크게 도시 안에서 테러를 일으킨 게."

"계속 이야기 해주세요. 대신, 이해하기 쉽게요."

아프게 울리는 관자놀이를 양손으로 눌렀다. 꽤 괜찮아졌지만, 유시의 생략화법을 이해할 정도는 아니었다.

"일단 쉬어, 가야 할 곳이 있으니."

"이 난리예요?"

유시는 입을 닫았다. 무엇을 생각하는지 베레모와 후드에 가려져 알 수 없었다.

우리 둘은 한참을 말없이 나란히 앉아 있었다.

병원 정원에서 나와 유시가 데려간 곳은 유치장이었다. 그리고 그 안에는 길휴가 유치장 독방 바닥에 껄렁하게 앉아있었다.

"길휴…님…?"

내가 경악하자, 길휴는 됐다는 듯 손사래를 쳤다. 내가 유시에게 고개를 돌리자, 유시 또한 고개를 가로저었다. 길휴와 직접 깊게 대화한 적은 없었다. 하지만 여기까지 오는 길에 나루가 들려준 이야기에 따르자면, 길휴는 테러와는 거리가 멀었다. 적어도, 백인회와 '이름을 기억하는 자' 둘 다 거리가 멀었다.

"그렇게 보지 마라. 나도 억울해 죽겠으니까."

짜증도 질린 티가 나는 길휴는 바닥에 침을 뱉었다.

"아니, 지들을 흉내 내는데 그럼 뭐, 매번 배지 확인할게요~ 이번 달에 발급한 게 맞나요 위조인지 어쩌고 저시고 자시고 해야 해?"

길휴는 계속 구시렁구시렁 심술이 난 걸 여과 없이 드러냈다. 옆의 유시는 석상처럼 가만히 있었다.

"그런데 나루는 어디에 계세요?"

유시에게 물었으나 답은 유치장 창살 너머에서 왔다.

"알아서 뭐라도 하러 갔지. 걔가 1등인데."

그렇게 말하니, 알아서 하러 간 당사자가 관계자 외 출입 금지 구역 너머에서 나타났다. 문을 열고 나온 나루는 같이 나온 모자에 배지를 많이 단 사람과 악수했다. 그리곤 악수를 나눈 사람은 유치장을 관리하는 대원에게 손짓하고, 나루는 우리 쪽으로 왔다.

"자, 가자고. 자세한 건 나가면서 얘기해줄게."

"대가는?"

"역시~ 유시는 바로 알아챘단 말이지. 그것 또한 나가서. 가면서 얘기할게."

"얼씨구. 그, 에휴 됐다."

창살 너머로 나온 길휴는 압수당했던, 막 돌려받은 미늘창을 등에 고쳐 매었다. 그리고 깍지 낀 손을 앞으로 쭈욱 내밀어 몸을 풀었다. 그리고 유시는 어디로 가야하는 지 아는 듯 앞장서 유치장에서 나왔으며, 뒤를 나와 나루가, 맨 뒤에서 길휴가 따라왔다.

"그런데 대가요?"

상황과 어감으로 조심스레 목소리를 낮췄다. 테러로 여기저기 파괴된 건물과 바닥에서라도 사람을 지혈하는 사람으로 혼란했다. 두 다리 두 팔 다치지 않게 건강한 것이 죄는 아니었지만, 다친 사람이 많아 눈치가 보였다.

"어떻게 길휴가 건강히 있고, 탈 없이 나왔을지 생각해 봐."

나루는 앞장서는 이들 방향으로 고개를 고정하고 앞으로 걸었다.

따로 들리는 곳 없이 세 분과 함께 2칸 트럭으로 돌아왔다.
화물칸과 숙소칸에 더불어 운전석까지 문이란 문은 전부 열려
있었다. 질 나쁜 강도에게 털린 트럭에도 모두 큰 충격을 받지
않아 보였다. 되려 길휴는 시원하다는 인상이었고, 유시는 별다
른 감흥이 없어 보였다.
"당연히 올 것이 왔을 뿐이야."
내가 셋의 안색을 살피자, 나루는 씁쓸한 미소를 지었다.
"일단 잠금장치랑 문 새로 달고 고치면서 이야기 해줄게."
"이야기는 나중. 집중 안 돼."
유시는 먼저 열린 화물칸 안으로 들어갔다. 이게 다 들어가는
물품인가 싶을 정도의 자재가, 이게 강도질 당한 차량에서 나올
수 있나 싶은 물건들이 창고 밖으로 계속해서 튀어나왔다. 알아
서 척척 길휴는 잠금장치 주위가 난도질 된 문을 뜯어냈다. 그
리고 못 쓸 자물쇠도 분해해서 한쪽에 모아두기 시작했다.
"단순 힘쓰는 거라면 도울게요!"
도와달라고 부탁받지 않았지만 길휴에게 가서 버릴 것들을
옮기기 시작했다. 그리고 뜯어내는 문이 바닥에 쿵 하고 떨어지
지 않게 받치며 작게 물어봤다.

"그런데 감옥에는 왜 들어간 거예요?"
"감옥은 아니야. 그냥 누명 좀 써서 말이야."
"엄… 테러 누명이겠죠? 폭탄 터지는 걸 보면 말이죠…"
"당연하지. 잠시만."

같이 새로 달 숙소문을 들어 옮기다 말고 길휴는 생각에 잠겼
다. 물론 유시처럼 길게 생각하지는 않고 잠시 멈춰 선 정도의
잠깐이었다.

"왜요? 뭐가 잘못됐어요?"

"아니, 음. 일단 세워서 놓고. 유시랑 나루 불러와. 아마 거의
다 했을 거야."

나루는 운전석, 유시는 창고문을 고치고 있었다. 마침 각자
나사만 마저 조이면 문 수리는 끝이기에 둘을 데리고 숙소칸으
로 들어왔다. 길휴는 바닥에 앉아있었다. 그리고 유시는 벽에
대충 기대어 섰고, 나루는 침대에 걸터앉았다.

"데려왔어요."

부탁받은 둘과 함께 숙소칸으로 들어왔다. 하지만 어디에 있
을지 말해주는 이가 없기에 일단 나루 옆에 앉았다.

"어, 잘했어"

길휴는 시선을 바닥에 두고 입을 다물었다.

"일단 나루는 아니까, 간략하게 내가 누명 쓴 이야기부터 할
게. 시장에서 나루를 찾아 돌다가 자폭 테러범이 보여서 제압했
는데, 그 테러범을 체포해 간 경찰이 백인회 쪽 스파이인 것 같
아. 제복도 다니는 방식도 도시 내에 진짜랑 비슷했거든. 그런
데 말이야, 어차피 모일 거지만 빨리 모은 이유가 있어. 생각해
보니 게네들이 내 이름을 알고 있었어. 생각날 때 말해야지. 안
그러면 까먹으니까."

나루 옆, 이 자리에서는 유시의 얼굴을 제대로 볼 수 있었다.
하지만 눈을 감고 있어 여전히 이 세상 사람이 아닌 얼굴 같았

다. 반면, 나루는 이해한다는 듯 고개를 끄덕였다.

"그래서 나루, 치안대에 뭘 대가로 내걸었길래, 이 테러 용의 자를 유치장에서 꺼낸 거야?"

"아, 우리가 이 도시에서 자발적으로 나가서 다신 돌아오지 않는 조건이야."

안 그래도 가라앉았던 분위기가 한순간에 냉랭해졌다. 눈을 감고 생각하던 유시는 눈을 떠 나루를 바라보았고, 길휴는 가부좌를 풀고 노려보았다.

아버지가 말씀하시길, 가족이 운영하는 양목장에서 가장 가까운 도시가 세상에서 제일 안정적이고 제일 큰 도시라고 하셨다. 이런 도시에 다시 들어오지 못한다는 것은 세상 물정을 잘 모르는 내 생각에도 과도한 처분이었다. 분위기가 분위기인 만큼 이 이야기가 사실인지 물어보지 못했다.

"나루."

유시가 정적을 깼다.

"우리가 왜 모인 건지 기억해. 거의 다 끝나갈 일이라도 만약을 대비해야 해."

길휴와 나루가 유시를 바라봤다. 그리고 이 주제에 대해 내가 들으면 안 될 것이 있는지 유시를 보던 둘은 나를 곁눈으로 보고 유시를 보았다.

집안싸움보다 차가운 기운에 나 역시 유시나 다른 분 눈치를 보았다.

"우리는 '이름을 지운 자'를, 정확히는 '이름을 지운 자'의 '논리 연구소'를 찾고 있어. 여긴 그와 관련된 자료가 가장 많은 곳. 재방문 금지에 담긴 의미는 그거야. 우리더러 그 '논리 연구소'를 찾지 말라는 것. 그리고 찾지 못하게 방해하겠다는 것.”

유시가 나를 위함인지 아니면 무슨 목적인지는 모르지단, 나를 향해 고개를 돌리고 셋의 비밀을 말해주었다.

“그래 뭐, 어차피 나가야 하는 판에. 얘는 여기 두고 갈 거고. 또 따지자면 지레짐작으로 들켜서 쫓겨나는 건데 말해도 상관 없지.”

자리에서 일어난 길휴는 허리를 좌우로 돌리며 마저 차 수리를 위해 몸 쓸 준비를 했다.

셋의 비밀을 듣고 생각했다. 나는 어디로 가야 할지가 아닌 무엇을 해야 할지에 대한 고민이었다. 여기에 남겠다 하여도 도시에서 지금 당장 내가 할 줄 아는 것이 없었다. 간단한 노동이라면 자신 있기에, 노동자로 받아줄 곳은 있을 것이다. 하지만 아까 전 대피소 앞에서 겪은 일을 생각한다면 오래 머물그 싶지 않았다. 하지만 그렇다고 하여 백인회가 차지했을지 모를 양목장으로 돌아가는 건 가볍게 생각해도 무리였다. 하지만 이 셋을 따라가 '이름을 지운 자'를 만난다면, 만나서 소원을 빈다면, 원래 생활로 돌아갈 수 있었다.

“만약 따라가도 된다면 따라가고 싶어요.”

남은 하루를 어떻게 보낼지에 대해 의논하는 와중에 내가 입을 열었다. 안 된다고 하면 어쩔 수 없는 것이었다. 셋은 서로의 눈치를 보았다. 의견이 같아서 시선을 교환하는 것인가 아니면 의견이 서로 다르다는 걸 이미 알기에 눈빛을 교환하는 것인가 어제부터 같이 다닌 나로서는 알 수 없는 시선이었다.

"하던 대로, 찬반으로 결정하자. 난 찬성."

"…찬."

"몰라. 둘 찬성 나왔고, 내가 반대라고 해도 데려갈 게 확정이니까."

유일하게 기권인지 반대인지 모를 길휴가 서자마자 다시 숙소 바닥에 드러누웠다.

"그럼, 장 보러 가볼까? 이제 3인분이 아니라 4인분 식사를 준비해야 하니까. 길휴, 너는 혹시 모르니까 여기서 덕이를 위한 간이침대나 만들고 있어."

"지금 시장으로 나가도 돼요?"

"당연하지? 나가면 못 들어오는 거지, 당장 나가는 아니었어. 이걸 합의한 거야."

나루는 나에게 손을 내밀었다. 그 손을 잡자 나를 이끌고 시장까지 단숨에 나아갔다.

개정 10년 10월 11일 저녁
도시; '이름을 기억하는 자' 본부 주차장
길휴 재생

"유시, 너 또 뭐 꾸미냐? 평소 같으면 반대표를 던질 헛똑똑이가 왜?"

나루와 꼬맹이는 시장으로 갔다. 그리고 유시와 함께 차에 남은 나는 유시 혼자 자는 단층 침대를 2층 침대로 개조하려 했다. 하지만 그 개조 중인 침대의 유일했던 주인은 도움을 줄 생각은 없는지 책상에 앉아 지도를 빤히 보고 있었다. 평소 보는 종이 뭉치가 아닌 지도이기에 다음 목적지인가 하여 궁금했지만, 어차피 방금 질문에 반응도 없으니 다른 질문을 해도 무시당할 것이 뻔했다.

"여긴가?"

2층 칸 바닥 위치를 얼추 고정하고 나사를 조이던 중 유시가 일어났다. 갑자기 자리에서 일어나 의자가 넘어졌고, 책상을 주먹으로 치기도 했기에 깜짝 놀라 드라이버를 칼처럼 잡았다. 유시는 내 반응에 머쓱해져 헛기침했다.

"하… 내 간이 다 떨어지겠네. 그래서 찾은 거야? 어디쯤?"

"물론 추측이긴… 추측. 가능성 높음. "

"그래, 다른 헛똑똑이랑 애 오면 얘기해. 나한테 말해줘도 몰라. "

80

잠시나마 유시의 눈에 안광이 돌아왔다. 평상시 죽은 눈으로 멍하니 세상 구경하던 녀석은 무언가 발견을 할 때마다 져렇게 눈을 빛냈다. 다만, '기억을 지운 자' 한정이었다.

"그래서 넌 언제 말해줄 거야? '지워진 세계'에서의 네 기억."
"…언젠가."
"그 언젠가가 언제 올려나 모르겠네."
침대 나사를 튼튼하게 조였다. 지진이 나거나, 혹은 자갈밭을 풀 액셀로 지나더라도 침대가 무너지지 않도록 단단히 마감했다. 작업을 마치고 돌아보니 유시는 넘어뜨린 의자를 바로 세우고 거기에 앉아있었다. 여전히 위아래로 꽁꽁 싸맨 옷차림. 한 번도 그 안을 보지 못했다. 마치 저 이가 숨긴 기억처럼 꽁꽁 싸매었다.
"둘 중 하나 골라."
"뭘?"
"저 덕이라는 애가 합류한 뒤에 더 풀기 어려운 기억이면 계속 입 닫고 있고. 상관없으면 지금 풀어."
"내 맘이야."
내 착각일 수 있으나, 덕의 합류에 찬성표를 던질 때 유시는 망설였다. 침묵을 지키다 던진 찬성표가 아니라 망설임이 포함된 투표이었다. 물론 아닐 수 있으나, 적어도 내가 보기언 그랬다. 유시의 귀가 창문 쪽으로 미묘하게 방향을 잡았다. 창문 쪽을 보니 그 너머로 낑낑대며 양손에 짐이 한가득한 두 명기, 아니 수레를 끌고 오는 한 사람을 포함하여 장을 본 이들이 오고 있었다.

“네 기억이니 말하는 것도 네 마음이지. 하지만 듣고 싶어 하는 사람이 원하지 않을 때 말하지 않는 것도 고려해. 헛똑똑이.”

마중 나가는 겸 갑갑한 속에 바람 넣어줄 겸 해서 숙소문을 열고 나왔다. 나루의 두 손에는 가벼운 식자재가, 덕의 손에는 무거운 보존식이 있었다. 뒤따라온 이는 자제 가게의 일꾼인 듯 손수레에는 트럭 수리 재료로 가득했다. 다만, 그 인부는 테러에 다친 듯 왼손에 깁스하고 오른손만으로 손수레를 끌고 왔다.

“어우, 수고했네. 잠시만 기다리게나.”

나루는 수레에서 하자가 하나씩 있는 나무판 같은 것들을 끌어내었다. 당연히 나루는 나를 보고 어서 도우라는 고갯짓 했다. 내가 안 하면 이 일로 사흘을 우려내 삐질 것이 눈에 훤했다. 순순히 가볍게 걸어가 무겁고, 부피가 큰 것 위주로 창고 안 안쪽 벽으로 쌓아 두었다. 운반하고 있으니, 덕도 돕는다고 하고 가벼운 것 위주로 들고 와 창고 입구에 두었다. 목장 일을 해왔기에 나름 꼬맹이가 눈치 있었다. 나루는 바로 먹을 것은 숙소칸에 옮기고 덕이 옮긴 자재 옆에 보존식을 두었다. 목 끝까지 둘이 아래에 서서 들어 올려주면 되지 않냐는 말이 올라왔지만, 나루는 일꾼과 이야기하고 있었고, 덕은 멀뚱멀뚱 서 있었다. 안쓰러운 마음에 덕에게 이리 오라고 손짓했다.

“무거운 거랑 큰 거는 옮겼으니, 이것들만 넣으면 되는데. 내가 올리는 걸 받을래? 네가 올릴래?”

”저는 뭐든 시켜만 주세요.“

착잡했다. 저기 저 수다쟁이와 안에 있을 헛똑똑이의, '내가 원하는 것은 정해져 있지만, 일단 네가 눈치가 있는지 없는지 알아보겠느니, 모르면 너는 나에게 한 소리 들을 줄 알아라'식 아무거나에 시달려서인지 가슴이 막막하게 막히는 기분이었다.

"그… 하… 아니다. 네가 올려주면 알아서 받아서 정리할게."

"어… 네!"

내 막막함이 전달되었길 바랐으나, 덕은 그냥 해맑게 웃으며 내가 화물칸 안으로 올라가기 전에 미리 육포를 들고 있었다. 어차피 나루는 가길 바라는 눈치의 일꾼을 붙잡아 이야기를 듣고 말하고 있으며, 유시는 차 안에서 뭘 하고 있는지 모르지만, 아직도 나오지 않고 있었다.

"시간 어차피 많아. 천천히 해."

나는 덕이 올려주는 물건을 속속들이 있을 자리에 두었다. 원래 나루와 업무 분담을 할 때 나에게 할당된 업무는 망보기 및 짐꾼이었지, 정리는 내 영역이 아니었다. 하지만 나루가 나에게 자기 할 일을 미루다 보니 어디에 뭘 두어야 할지 같은 건 외우고 싶지 않아도 외워졌다. 짐 하나를 옮기고 돌아오니, 그 사이에 덕은 융통성 없이 바로 다음 넣을 짐을 들고 서 있었다. 덕분에 예상보다 훨씬 빨리 짐 정리를 마쳤다.

"그런데 생각보다 화물칸이 작네요?"

나루의 끝없는 대화가 끝나길 기다리며 나와 덕은 화물칸 입구 끝에 앉아있었다. 덕은 언제 샀는지 반쯤 마신 우유병을 들고 있었다.

"아, 이건 나루께서 사주신 건데-"

"말 안 해도 알아. 내가 저 양반 수발들어 준 지 꽤 됐는데 모를까."

덕은 무안해서인지 병을 만지작거렸다. 내가 뺏어 마셔야 다 마실 건지, 내 눈치를 보는 덕이 못마땅했다.

"지금 내가 닫아놔서 그렇지, 저 안에 비밀 공간이 있어."

"비밀 공간이요?"

비밀이라는 말은 언제나 저랬다. 비밀은 두 명 이상이 알면 비밀이 아니게 되지만, 비밀이라고 하면 더 알고 싶어지게 하는 그런 마법적인 단어였다. 덕은 몸을 뒤로 돌려 화물칸 안쪽을 노려보았다.

"그렇게 해서 보이면 비밀이게? 아까 트럭 털렸는데 자재 나왔지? 그런 거 보관하는 곳이야. 논리 변경인가 변형인가 해서 늘려놓고 숨긴 거라 그렇게 노려봐도 안 보여."

"아 됐고! 갑니다!"

일꾼 화내는 소리가 수다쟁이를 향한 내 맘을 대변해 줬다. 나루는 그 일꾼을 자주 봤는 듯, 혹은 처음이지만 이야기를 일방적으로 이끌 수도 있었지만, 인자한 할머니가 손주 보내듯 손을 흔들며 보내주었다. 물론 가는 이는 기가 빨려 터덜터덜 갔다는 점에서 배부른 손주와 차이가 있었지만.

"나루, 이제껏 뭘 얘기했길래 저래?"

"아, 이번에 새로운 치정극을 알게 되었는데, 들려줄까?"

"됐어."

나루는 사람 간에 일어나는 사건을 재미있다면 재미있게 잘 풀어 들려주는 재주가 있었다. 다만, 들려줄 원본 이야기가 몹시 자극적이라, 듣는 내가 화나거나 안타깝거나 하는 등 감정적으로 격해지는 것이 문제였다.

"저 궁금해요!"

덕이 갓 학교에 들어간 아이처럼 손을 들었다. 그런데 이 '새로 쓰여진 세계'에서 질문을 할 때는 손을 들도록 가르치나? 큰 마을이 아니라면 웬만하면 학교가 없기에 덕이 체계적 교육의 산물인 손들기를 배웠을 리 없었다. 혹시 덕이 '지워진 세계'를 기억하는 것인지 기대 반 걱정 반 하며 바라보았다.

"오, 덕이 손드는 법은 어디서 배웠데?"

"오늘 견학에서 배웠어요. 질문이나 하고 싶은 말이 있으면 이렇게 손을 들라 했어요. 물론 견학 중엔 저만 들었지만요."

"질문을 했어? 우리 덕이 우등생이네. 그렇다면 상으로 건축자재 가게 주인과 정육점 따님의 애절한 엇갈린 사랑 이야기를 들려주지."

괜한 걱정이었다. 북 치고 장구 치고 잘하는 두 명을 두고 일어나 숙소칸으로 들어갔다. 유시는 내가 나갔을 때와 다른 게 없었다. 생각하고 또 생각하는 그 모습 그대로였다. 사시사철 푸르다던 소나무가 더 변화무쌍해 보일 지경이었다.

"니 맘대로 해라."

평소 둘의 아무거나에 대한 내로남불 역지사지 대응이긴 했지만, 내가 말하든 안 하든 어차피 유시는 마음대로 했으니, 달라지는 건 없는 말이었다. 그저 내 화풀이였다. 당연히 내 예상대로 유시는 아무 반응도 없이 앉아있었다.

"길휴… 이건 들으셔야 해요…"

적막과 쉼 그 사이의 편안함을 덕이 깼다. 나루가 치정극에서 서러움이나 서글픈 부분을 과장해서 들려준 듯, 덕은 눈물을 질질 흘리고 있었다.

"알아. 그만 울고 침대에나 올라가 봐."

우는 애를 대충 넘기며 유시의 침대 위의 새로 만든 덕의 침대를 가리켰다. 그래도 팔다리에 힘은 남아있는지 애는 울면서 침대 사다리를 올라갔다. 두꺼운 천을 겹겹이 쌓아 푹신한 침대에 덕은 철퍽하고 누웠다. 침대에 누워 일어나지 않으니, 덕이 기절한 것은 아닐지 걱정이 되어 고개를 들어 보려던 순간 울던 애는 울음을 그치고 미적미적 몸을 일으켰다.

"아직 결말을 들려주지 않았는데 말이야."

나루가 태평하게 뒷짐 지고 못된 삼촌처럼 숙소칸으로 올라왔다.

"하지만 처음부터 헤어짐까지가 너무 슬픈 걸요…"

"거기서부터가 시작인데? 헤어지고 사별한 줄 알았다가-"

"나루 그만."

듣기 싫어 나루에게 단호하게 말했다. 나루는 덕에게 슬쩍 가운전할 때 들려주겠다고 작게 말하는 척했다. 고개를 가로저었다.

"그런데 생각해 보니 본부에서 둘둘 나뉘어 헤어지기는 했는데, 유시랑 덕이 어떻게 같이 왔더래?"

나루는 바로 화제를 돌렸다. 늘 하던 방식대로라면 유시는 서고에 갔을 것이다. 하지만, 아까 창고에 앉아있을 적에 듣기론 덕은 견학 갔다고 했다. 견학관과 서고가 가깝다고는 하나, 폭약이 터지는 와중에 서로가 어딨는지를 알고 만나 같이 왔을 리는 없었다.

"아, 역사관 마지막 전시실에서… 누군가 대피하라고 해서 나오니 폭탄 터지는 소리가 여기저기서 났는데, 그러고 누가 저더러 무슨 이상자라고 해서… 결국 쓰러졌다가 정신 차리니 유시가 옆에 계셨어요."

덕은 쓸데없는 말까지 포함해서 와다다 말을 쏟아냈다.

"누군가가 대피하라 한 뒤 폭발이 있었다고?"

유시가 그 말 타래 속에서 뭔가를 잡아냈다. 가볍게 건성으로 듣다가 무언가 나오는 것 같기에 몸을 일으켰다.

"네? 네. 견학 끝나고 역사관이라는 곳으로 안내받아서 ·· 제일 마지막 전시실에서 만났어요."

"특이 사항."

"특이한 건… 그냥 흰옷에… 푸른 사선 무늬가 있었고요, 매너 있는 신사분이셨어요."

덕을 제외한 셋은 시선을 맞췄다. 흰색은 누구나 입을 수 있는 옷이었으나, 흰옷에 사선 무늬를 선호하는 건 백인회 쪽에서 어느 정도 힘 있는 인물들이었다. 평회원도 입을 수는 있으나, 될 수 있는 대로 높으신 분을 배려한다고 기피하는 옷으로 알고 있었다.

"백인회에서 테러한 건 당연한데. 이상하긴 해. 그러고 보니…"

생각나는 대로 시간 순서대로 말해주었다. 파란 사선 흰옷을 오늘 어디서 본 것 같은 기억이 들었다. 아침인가? 아침이면 양 목장이고, 언덕에서 유시를 데려갔을 때 그런 옷을 봤다. 하지 만 굳이 사람 죽인 이야기를 꺼내봤자 분위기만 죽일 터였다.

"아무튼, 시장에서 만난 게네는 나를 알고 있었고, 나는 진짜 치안대를 만나서 누명 써서 내통 혐의로 체포되고, 이송되는 와 중에 한 번에 여러 곳에 폭탄이 터지고."

"서고, 자료."

다시 두 단어만 던지고 유시는 곰곰이 생각했다. 또 최악을 가정하나 보다.

"나루, 당장 출발해야 해. 홍인이랑 백인이랑 손을 잡았어. 하 지만 우위에 있는 건 백인이고."

무슨 소리인지 셋은 유시의 다음 말을 기다렸다.

"백인들, 정보를 찾으려고 서고에 왔어. 거래했을 가능성. 하 지만 그렇다기엔 테러는 동시다발적이며 간부 역시 왔음. 그리 고 길휴에게 누명을 씌우려고 했으며, 석방의 조건은 재방문 금 지."

유시는 빠른 말로 정보를 뱉어냈다. 하지만 논리적으로 정돈 이 깔끔하지 않아 이해를 하려해도 처음 듣는 부분과 많이 생략 한 단어가 많아 이해에 어려움이 있었다.

"천천히 말해줄래?"

"'이름을 기억하는 자'와 백인회는 대중 앞에서 서로 만나지 않아. 만난다 한들, 각자의 선전을 위해 대립하는 구도로 만날 뿐이지. 그런데 백인회 간부가 왔는데 그 모습을 대중에 비추지 않았다면 왜 온 걸까? 당연히 '이름을 기억하는 자'를 비밀리

에 보러 온 것이겠지. 하지만 조용히 와서 비밀 협약을 맺고 떠
난 것이 아니라 본거지에 테러를 일으켰고 서고도 털었으며 ’이
름을 기억하는 자‘ 중 눈 밖에 난 사람이긴 하지만 홍인인 길휴
에게 테러 용의를 씌운다? 물론 가설이야. 백인회는 이 다립 구
도의 균형을 바꿀 무언가를 가지고 있어. 그리고 이 테러는 높
은 이들끼리 협상을 만들기 위한 연막이자 우리가 이렇게 강하
다는 선전이겠지. 그리고 평화협정을 맺을 때 ‘이름을 기억하는
자’ 쪽의 호의로 백인회 눈 밖에 난 길휴를 포함한 우리를 내친
것이라는 게 내 결론.”

“그런데 길휴의 테러 누명과 이 일과 무슨 상관인가요?”
“그쪽 사람들에겐 길휴가 ‘홍인사건’ 때 그쪽 사람들을 많이
죽인 원수니까.”
어깨를 으쓱하고 들어 올렸다. 틀린 건 없는 사실이니까.

길휴가 홍인사건, '백인회' 탄생 원인에 연루되었다는 말에 덕은 입을 닫지 못했다. 유시는 다시 최악이나 변수를 고려하는 듯 깊은 생각 속으로 잠수했다.

"뭐, 사실인걸? 그래도 나 혼자 한 것도 아니고, 걔들 잘못도 있지만. 아무튼 그래."

"그… 어…"

"자, 과거 이야기는 잠시 옆에 두고. 유시, 그래서 지금 출발 해야 한다는 거지? 어디로?"

"인근 사막 지대."

"그래 일단 어디일지는 감이 오긴 하니. 다들 출발 준비."

숙소칸에서 내려와 창고가 잘 닫혔는지 마지막으로 점검하고 운전석으로 들어왔다. 그리고 유시와 이야기하기 위해 뒷창문 을 미리 열어두었다.

"참고로 유시, 여기서 거기까지 꽤 걸릴 거 알지? 오늘부터 출발해도 일주일은 족히 걸리고, 연료도 걱정해야 할 거야."

"알고 있어."

뒤 창문을 통해서 소리가 나지 않았다. 유시는 내가 시동을 거는 동안 보조석으로 들어와 지도를 꺼냈다. 보조석 등을 켜고, 유시는 지도를 나에게 보여주었다. 내가 생각한 방향의 사막은 맞으나, 방문할 곳이 한 곳이 아닌지, 사막 여기저기에 방문해야 할 지점 표시가 되어 있었다.

"그리고… 이 차 사막 횡단용이 아닌 건 알지?"

"차도 있어."

"일단 급히 가자니 가야지. 그런데 왜 그리 급해?"

"만약, 내 예상이 맞는다면, 도시 들어오기 전 생각한 시나리오 중 가장 안 좋은 시나리오가 될 거야. 홍인쪽에서 우리가 독자적으로 '이름을 지운 자'를 찾는다는 걸 들키고, 백인회에선 길휴에게 복수를 하려는 상황. 그리고 이 판은 작은 우리와 큰 둘의 삼파전이 아닌, 백인회가 전반적으로 주도하는 상황에 홍인은 방관하는 상황."

"우리 목적, 잘 숨기고 있다고 생각했는데."

"물론 추론… 하지만 길휴만 누명 씌었다는 것과 서고에서의 일. 그리고 간부가 직접 모습을 드러냈다는 것. 확정 아닌 가능성이길 바라."

"여유를 가져. 그냥 길휴만 운이 안 좋았던 거지."

"하지만… 미리 준비해야 해."

유시는 무언가 깨달은 지 나를 보았다.

"길휴 석방 조건, 누가 먼저 말을 꺼냈어?"

"빨리도 물어보네. 그런데 그쪽에서 먼저 재방문 금지에 대해 말하긴 했어. 당연히 명목은 테러 용의자와의 연관성, 길휴가 스파이일 수 있으니 재방문 금지를 한다는 것. 자세하게 말하자면, 평생은 아니고 10년간 재방문 금지. 그런데 10년 안에는 찾을 거잖아. 그렇지, 유시?"

"앞에 검문소."

"어우 추방되는 길인데 사람이나 바리게이트까지 박으면서 나갈뻔했네."

검문소 멈춤 막대기 앞에 부드럽게 정차했다. 도시에 들어올 때 보았던 검문관이 가볍게 손 인사 해주었다.

"이번에 나가시면 10년 출입 금지입니다. 확인하셨습니까?"

"응 알지. 내가 도시에 와인이랑 보드카 귀한 거 숨겨뒀는데 10년 뒤에 같이 마시자고."

"반출 금지 품목은 없으십니까?"

"에이 왜 그래, 마지막인데. 살갑게 가자고."

"출입금지명분이 뭔지는 알 것이라 생각합니다. 나루, 듣자하니 시장에도 가셨다는 데, 그렇다면 직접 보셨을 텐데요? 백인과 홍인과의 싸움 속에서 무고하게 다치고 죽는 사람을."

"매정하네. 아무튼 반출 금지 물건 없이 사서 나가는 거니 어서 차단기 올려줘."

아마도 위에서 한 소리 단단히 들었는지 두 검문관이 더 와서 차를 구석구석 살피기 시작했다. 보존식에 차량 수리 자재가 대부분이라 그다지 문제는 없었다.

"'이름을 지운 자' 관련 자료도 반출 금지인 걸 아시죠?"

"에이, 알지. 그런데 관련 자료가 있기는 해?"

"발뺌 하지 마시죠."

검문관 셋은 구석구석 거래 장부부터 메모까지 살펴보았다.

보조석의 유시는 맨손으로 자리에 앉아서 졸고 있었다.

"몸 수색 하겠습니다."

"가는 길에 그것까지 해야 해? 평상시에 들어오고 나갈 땐 안 하더니."

"협조. 바랍니다."

"알았어, 알았어. 내리면 되지?"

셋, 나와 길휴, 그리고 덕은 트럭 옆에 서서 한 사람씩 닿아 몸수색을 받았다. 호주머니 하나하나 꼼꼼하게 뒤집고 무언가 숨긴 것은 없는지, 글 적은 것은 없는지 확인했다. 셋의 수색이 끝나고, 차에 막 올라탔다. 그런데 검문소 직원이 나를 멈춰 세웠다.

"한 분 더 있지 않습니까?"

"응? 유시 말이야?"

유시는 미적미적 나왔다. 세 명이 유시에게 달라붙었다. 하지만 유시가 작은 소리로 뭐라 하자, 당장이라도 코트를 벗기려던 셋은 뒤로 물러나 상의하기 시작했다. 그 틈에 유시에게 다가갔다.

"유시, 뭐라 했어?"

"늘 하는 말. 심각한 피부병. 호흡기로도 옮기는 것. 옷이 논리 변형으로 만든 방재복. 벗으면 퍼짐."

짧은 한탄을 뱉으며 뒤로 물러났다. 저번에는 코트 안어 심각한 화상자국이 있다고 했고, 그전에는 문신이었다. 상황에 맞는, 옷을 벗지 않기 위한 거짓말이자 핑계들이었다. 검문소 직원들은 이 상황이 달갑지 않은지 계속 서로만 이야기하고 있었다.

　“일단 검사하겠습니다.”
　결국 장갑과 마스크를 두껍게 낀 대표자 한명이 유시의 겉옷을 가볍게 치는 것으로 몸 검사는 마무리되었다. 털어도 우리가 하는 일에 대해 한 톨 나오지 않도록 미리 조치했기에 하나도 나오는 것은 없었다. 다행히 이제부터 합류한 덕도 눈치가 있어 입을 다물고 몸수색에 협조해 줬다.
　“없군요. 가도 좋습니다.”
　“있을 리 없는 데 다들 수고가 많아.”
　“10년입니다. 입장 금지.”
　“그래. 다들 그때까지 건강하고. 우린 갈게.”
　평상시라면 했을 조심히 가라는 말도 없이 검문소 직원들은 자기 자리고 물러갔다. 나는 운전석 유시는 조수석 그리고 둘은 숙소칸으로 들어갔다. 아마 입구 터널을 지나면 한 번 멈춰서 길휴를 망자리로 올려야 할 것이다.

　“자, 그럼 가볼까?”
　“나루, 출발하고 한나절은 멈추지 말고 밟아.”
　“왜? 망 세워야 하지 않아? 만약 우리가 노려지면 매복이 어디인지 더 잘 알아야지.”
　“시간이 생각보다 더 끌렸어. 홍인이 우릴 팔았다면, 백인회 매복이 바로 앞일 터. 어설프게 우리가 준비할 시간을 주지 않을 거야.”
　“그래? 그래, 그렇게 하자.”

망보기보다 도주가 우선이라는 유시의 주장이 더 타당했다. 또 앞으로 긴 여행이 될 터인데 굳이 싸울 필요는 없었다. 유난히 길게 느껴지는 터널을 지나며, 그 속도를 유지하며 앞으로 쭉 나갔다. 터널을 완전히 빠져나오고 길가에 풀이 점차 많아지자, 유시는 품 안에서 그 지도를 꺼냈다. 순식간에 꺼낸 탓에 유시의 코트 안이 어찌 생겼는지, 화상인지 피부병인지 둔신인지 보지 못했다.

"그나저나 처음 봤을 때, 나한테는 화상 자국이라 했고, 길휴한테는 고름이 잔뜩 있다 했고, 폭풍을 몸으로 맞은 날에 거래처 숙박 종업원에겐 안에 방수 갑주가 있다고도 했고, 어린아이 앞에서는 기계 몸이라 했는데. 그 안에는 정말 뭐가 있는 거야?"

"그저 살점."

"베레모에 후드티의 후드까지 눌러쓰고 말이야. 숙소칸에 떨어진 머리카락이 없었으면 나처럼 대머리로 계속 오해할 뻔했어. 이거 했던 말인가?"

"여기 지도. 난 쉰다."

유시는 내 옆에 지도를 두고 줄이 끊어진 인형극 인형처럼 축 늘어졌다. 어느 거울로도 유시의 얼굴을 볼 수 없을 각도로 마치 척추가 사라져 녹은 듯한 자세였다.

"어이, 나루 망 안 봐도 돼?"

유시가 녹은 지 얼마 안 되어 뒷창문으로 길휴가 머리를 다 넣을 듯 얼굴을 내밀었다. 길휴는 나를 한 번 보고 인형이 된 듯 안전벨트에 몸을 맡긴 유시를 보았다.

"얘 또 왜 이래?"

"머리를 많이 써서 쉬는 걸 거야. 그리고 멈출 시간 없이 쭉 밟을 거니 조금 쉬고 있어."

"나야 좋지. 그런데 너야말로 조금 쉬엄쉬엄 해. 유일하게 면허 있는 양반이."

길휴는 딱히 더 묻는 것 없이 창틀에 밀어 넣은 얼굴을 힘겹게 뺐다. 그리고 길휴는 덕에게 하는 말인지 한 마디 던지고 침대에 몸을 던졌다. 뒤돌아보지 않아도 유시나 길휴처럼 감이나 감각이 좋지 않아도 크게 들리는 소리였기에 안 봐도 척이었다.

"저기… 전 뭘 하면 될까요? 길휴는 저더러 알아서 하라는데."

"음, 덕도 조금 쉬어. 나중에 알려줄게."

덕도 침대로 돌려보냈다. 다행이라면 트럭을 향해 미사일이나 화살이나 돌멩이를 던지는 이가 아직은 없었다. 길휴는 코를 크게 골았지만, 그 누구도 잠을 못 자겠다고 자다 깨어 불만을 토로하지 않았다.

말을 걸 이도 걸어줄 이도 혹시나 하는 매복도 없으니, 이제야 근처 풍경이 보였다. 밤의 한가운데에서 여러 풀벌레가 트럭이 달리는 소리보다 우렁차게 소리치고, 별은 자기가 더 예쁘다고 빛을 뽐냈다. 창을 끝까지 내리니 선선한 공기가 뺨을 후려쳐서 많이 올리다 못해 그냥 닫아버렸다. 사람의 말소리는 어디에도 없었다. 자연 그대로 유시도 좋아할 장면이었기에 깨워 보여줄지 싶어 옆을 보니 자연 애호가는 잘 자고 있었다. 새근새근 잘 자길래 전방 주시하다가 옆에서 화들짝 놀라 쳐다보니,

무언가를 찾는 듯 티라노사우루스처럼 가슴 앞에서 손을 허우적거리다가 얇은 안전벨트를 잡아 껴안고 다시 잠에 들었다. 숙소칸에서 들리는 익숙한 코골이와 새로운 이갈이. 이 상황이 웃겼지만, 크게 소리 내 웃으면 깰 것 같기에 한 손으로 입을 막고 한손으로 운전대를 꽉 쥐었다.

"흡…흐읍… 반짝반짝 작은 별. 아름답게 빛나네. 하… 다음 가사 잊었지, 대충 이런 멜로디. 반짝반짝 작은 별. 아름답게 빛나네."

웃음을 참기 위해 생각나는 아무 동요를 불렀다. 물론 음악이라면, 트럭에는 CD 플레이어 기능이 있는 라디오가 달려있지만, 이젠 전파를 보낼 위성도 라디오 타워가 없었기에 CD나 USB는 가격이 비싸기에 노래는 직접 불러야 했다.

"나보다 더 나이 많으신~ 분들이 이런 운전을 하셨겠지~"

졸리긴 했지만, 운전대를 놓지 않고 아침 해가 밝아올 대까지 아무 음이나 흥얼거리며 액셀을 밟았다. 지금 노래를 직접 부르며 흥에 젖는 지금이 즐겁기에 힘든 만큼 재밌기에 그만한 가치가 있기에 잠을 이겨낼 수 있었다.

주위가 확연히 보이는 공터. 아침 해는 이미 하늘 중턱에 점심 해로서 걸쳐져 있었다. 보조석의 안전벨트를 풀며, 어젯밤 나루에게 준 지도를 회수했다. 지도를 주위와 대조해 보니 생각보다 멀리 왔다. 탈 없이 간다면 예상보다 일찍 도착할 것이다. 보조석 문을 열고 풀 바닥에 발을 디뎠다. 사막 모래밭을 걷기 전에 누릴 마지막은 아니지만, 한참을 그리워할 풀이기에 힘주어 밟았다. 풀이 가볍게 꺾이며 풀냄새가 여기저기 고슴도치가 가시를 세우듯 부드러우면서도 따갑게 나기 시작했다. 이미 일어난 일행들이 트럭 위에 돗자리를 펴서 간단한 점심을 먹고 있었다. 다른 도구 없이 입에 바로 무언갈 집어넣는 시늉으로 미루어 보아 샌드위치같이 간편하면서도 오래가지 못할 재료로 만드는 음식임이 분명했다. 내 풀 딛는 소리가 내 평소 발걸음보다 확연히 컸는지 일제히 내가 내리자마자 이쪽을 보았다.

"어이 늦잠쟁이, 어서 올라와. 샌드위치 있어."
지금 쫓길지도 모르는 판에 장거리 사격이 가능하면 쏘시오 하듯이 트럭 위 칸에서 점심 먹는 장면은 파멸적 생각뿐인 나에게 있어 환장할 장면이었다.
"싫음 말고."

98

길휴는 됐다는 듯 거의 눕듯이 앉아 샌드위치를 한입 먹으며 하늘을 보았다. 하늘엔 구름이 아예 없지는 않았지만, 구경하기엔 나쁘지 않을 정도로 듬성듬성 하얀 뭉텅이가 지나고 있었다. 덕인 듯한 손이 길휴에게 다른 샌드위치를 건네자, 그는 이미 쥐고 있던걸 한 입에 털고 새 걸 받았다. 나루는 어디에 있지? 일단 숙소로 들어가기 위해 문손잡이를 잡았다.

"아, 유시. 나루는 잔다니까 그냥 올라와. 푹 잘 거라고 방해하지 말래."

굳이 찾아가 유일하게 운전할 줄 아는 이의 잠을 방해해서 좋을 것은 없었다. 다만, 나까지 그 위 바닥에 올라간다면, 의도치 않은 천장 소음으로 자는 이를 선잠 자게 만들 수도 있었다. 내가 화물칸에 여분의 의자를 두었던가? 내가 풍경을 구경할 때 쓰는 의자는 숙소칸 안에 있었다.

"저기, 유시님 여기요."

내가 가만히 서 있자, 나루에게 방해가 되지 않도록 목소리를 낮춘 덕이 사다리 위에서 내 쪽을 향해 손을 내밀었다. 잡을까. 하지만 내가 트럭 위로 올라와 나타날 순간을 노리는 이가 존재할 수 있기에, 그 얼굴을 향해 손 흔들어 거절 의사를 표명했다.

"됐다잖아. 대신 네가 만든 거라도 전해주고 와."

길휴는 덕의 등을 손등으로 쳐주었다. 아무리 살살 친다고는 하지만, 덕의 등은 길휴의 손짓에 따라 꺾였다가 튕기며 원래 자리를 찾았다. 덕은 트럭 중앙으로 몸을 숨겼다. 그리고 그 아이는 건네주는 와중에 분해되지 않도록 종이로 감싼 음식을 나에게 건네주었다. 종이 겉면에 양상추가 그려진 것으로 보아 급조한 포장지임이 분명했다. 가볍게 종이를 뜯어 내용물을 보았다. 저 위에 불도 가져가고 팬도 가져갔는지 빵은 앞뒤로 구워 바삭하게 만들고, 양상추와 기름 뺀 베이컨 그리고 베이컨 기름으로 튀기듯 구운 토마토가 들어 있는, 손이 많이 가면서도 단출한 구성이었다. 케첩과 마요네즈의 향이 강한 것만 제하면 그럭저럭 먹을만해 보였다. 한 입 크게 베어 물며 주위를 보았다. 시력만 좋았다면 저 멀리 날아가는 새의 종이 무엇인지 분류할 수 있을 것 같았다.

"맛은… 어때요?"

내가 포장지를 열고 한 입 먹을 때까지 덕은 내 쪽을 내려다보고 있었다. 보편적으로 저 말은 맛있다는 반응을 원하여 쓰는 표현이었다. 맛을 음미했다. 토마토는 그냥 굽지 않고, 소금 설탕 간을 하여 맛을 풍부하게 하려고 노력했으나, 간이 과하여 빼는 것이 나았다. 베이컨은 과하게 익히고 기름까지 빼어 식감과 단단함으로 샌드위치 안에서 존재감을 뽐냈다. 토스트와 양상추는 괜찮았으나 양상추의 물을 충분히 털지 않아 토스트는 눅눅해지고 소스도 조금 옅게 느껴졌다. 마지막으로 케첩과 마요네즈 조합은 개인적인 취향이 아니었다. 결론은 내 입에 안 맞았다.

"맛있네."

하지만 그 감상을 날 것 그대로 말했다간, 옆에서 새로 샌드위치를 받아먹는 길휴에게도 실례이고, 만든 덕도 상처받을 것이었다. 내가 고개를 끄덕이며 새로 한 입 먹자, 덕은 만족한 듯 다시 트럭 위로 자취를 감췄다. 맛 평가보다 하고 싶은 말은 앞으로 귀한 자원이 될 물로 양상추를 씻은 것과 트럭 위로 불을 피운 것, 그리고 식재료를 들고 올라갔다가 내려올 때의 기력 소모에 대한 지적이었다.

그 말 역시 차마 하지 못하여 트럭 위를 계속 보고 있자니 길휴가 내 시선을 의식했는지 나를 다시 돌아봤다.
"그거 안 먹을 거면 나 줘."
내가 올려보니 추측은 확신이 섰는지 길휴는 내민 검지 손가락을 까딱거렸다.
"너 지금 태도 보니까 맛없고 불만은 가득하다는 건 알겠거든? 계속 꿍해 있을 거면 차라리 나 줘. 이제 망 서야 하는데 먹어야 힘이 나지."
덕이 그럴 리 없다면서 그냥 나 혼자 내 몫을 다 먹으라 소리치는 게 들렸다. 나는 재포장한 샌드위치를 길휴에게 던져주었다. 트럭에서 조금 떨어진 거리까지 걸었다. 주위에 특이 사항이 있는지 잠시 벗어난 도로를 점검하고 위험 요소를 찾아다녔다. 별다른 요소가 보이지 않으니 틈틈이 '이름을 지운 자'의 논리연구소로 추정되는 사막까지의 길을 떠올렸다. 직선거리로 가자면, 오늘 안에 사막 변두리까지, 다음날에는 폐발전스까지 갈 수 있다. 하지만 방금 식사를 보니, 조금만 어긋나거나 운이 아주 좋지 않으면 식량이 먼저 고갈된다. 근처에 있는 마을은 두어 곳 표시 되어있었지만, 아무래도 돌아가는 길이며 트럭 연료가 없을 가능성이 크기에 마음이 탐탁지 않았다. 식량과 연료의 양자택일이었다.

"하… 유시."

덕이 나를 찾아왔다. 생각에 생각을 겹쳐서 하느라 꽤 멀리까지 왔다는 걸 몰랐다. 태양도 정각에서 기우는 것으로 보아 시간도 많이 지난 듯했다. 나는 고개를 끄덕이며 트럭 방향으로 몸을 틀었다.

"뭘 생각하시길래 멀리서 불러도 대답을 안 해요?"

"경로."

"사막까지 가는 길이요?"

"바뀔 수 있음."

"어… 나루에게 직진이라 들었는데 다른 들릴 곳이 있어요?"

작게 고개를 끄덕였다. 덕은 트럭 쪽을 보다가 나를 보았다.

"그런데 그 어제는 말을 길게 하셨는데, 지금은 짧게 하시고… 왜 그러시는 거예요?"

짜증과 궁금함이 섞인 어조였다.

"개인 사정."

곁눈으로 덕을 보니 제대로 말해 달라고 째려보는, 어린아이의 투정 대는 눈이었다. 나루와 길휴는 개인 사정이라고만 말하면 더 캐묻지 않고 존중해 주었지만, 이대로 돌아가려 하면 덕은 계속 이것과 관련하여 물어댈 것이다.

"…덕은 그런 적 있어? 생각이 정리가 안 될 때."

"있죠?"

"정리 안 된 머리에 새로운 생각이 계속 밀려오면? 그런데 그 생각이 사사로운 것이 아닌, 지금 상황과 연관된 것이고, 계속 생각함으로써 새로운 결론이 지어질 단서라면? 그 상황에서 정리 중인 생각이나 생각의 결론을 말해줘야 한다면?"

"음… 평소에 그 상태라서 말을 줄이시는 거예요?"

"그럴 수 밖에. 이 말도 예전에 몇 번이고 속으로 되뇌어 정리했던 말을 꺼낸 거지만."

트럭까지 얼마 안 남았지만, 말을 이었다.

"되뇌어… 지금 당장뿐 아니라 일어날 여러 상황을 가정하고 대비하는 상상을 매 순간 해. 많은 상황은 일어나지 않았지만, 그럼에도 몇 번 예측이 성공하고, 준비한 것이 쓰였기에 그만둘 수 없어."

덕은 나를 이해하지 못 한 눈이었다. 그저 이해하기 위해 고개를 끄덕이고 있었다. 트럭이다. 점심 정리를 마치고 길후와 나루가 이야기를 나누고 있었다. 나루는 덕의 샌드위치를 한 손에 들고 있었다.

"나루, 경로 수정 토의."

"응? 빨리 가야한다 하지 않았어? 백인이든 홍인이든 뭐든 간에 쫓아온다며?"

"마을 경유 연료 소모 식량 보충 혹은 현행 유지 식량 고갈."

"둘 다 장단이 있겠지?"

"선자, 경유 시 식량을 얻을 수 있으나 걸어서 사막을 헤매야 함. 후자, 지금처럼 직선으로 간다면, 사막에서 차를 타고 논리 연구소를 찾아내야 함. 하지만 찾지 못하면 식량 부족으르 죽을 위기."

이어 말하며 덕의 눈치를 봤다. 만약, '이름을 지운 자'의 논리 연구소를 찾는다면, 그리고 그 시설에 아직도 전기가 있다면, '논리 변형'을 통해 덕이 존재하는 좌표를 바꾸어 도시나 다른 마을로 보낼 수 있을 것이다. 하지만 실패할 경우를 생각한다면 돌아올 식량을 위해 가는 길에 마을을 들리는 것이 옳은 방안이었다.

"그런데 논리 연구소와 '이름을 지운 자'라면…"
덕이 입을 열었다. 요즘 견학에서 논리 연구소 관련 내용도 가르쳐 주나? 덕을 향해 고개를 들었다. 그리고 이어질 말을 기다리니 덕은 그렇게 큰 의미를 담은 발화가 아니었던 듯 몸을 움츠렸다.
"그게 '이름을 지운 자'가 발전된 '논리 변경' 기술을 쓸 수 있는 연구소 사람이고, 그 연구소는 전기를 엄청나게 썼을 것이라는 추측을 들어서요… 그래서 그동안 발전소 유적 근처를 위주로 탐색을 했지만 아무 소득이 없었는데, 저희도 발전소 유적지 근처로 가나 해서요."
다시 나루 방향으로 얼굴을 꺾었다. 내가 잠에서 깨지 않고, 나루는 잠을 자러 가던 때 우리가 어디로 가는 지 말을 안 해준 눈치였다. 내 품속에 넣어둔 지도를 꺼내어 덕에게 보여주었다.
"아… 사막 안쪽으로는 연구소 표시가 없네요?"
"사막 주변에는 발전소 유적 있음. 하지만 내부에는 아무것도 없어. 또한 발전소 근처에도 그 전기를 쓸만한 곳도 없지."

덕은 한참이고 내가 든 지도를 들여다보았다. 무언가를 찾는 눈. 실마리는 보이지만 눈에 띄지 않는 것을 찾고 있었다. 보기

편하도록 덕에게 지도를 건네주었다. 무언가를 찾든 아니든 식
량 보급은 중요한 것이었다.

"나는 보급 쪽에 한 표."

"길휴, 찬반이나 토론이 아냐. 토의."

"그래? 뭐든 간에 내가 의견을 내면 이렇게 꼬박꼬박 반박해
주면서, 토의?"

"그게 토의의 의의."

"아, 그러셔? 아무튼 너희끼리 알아서 해. 난 위에 미리 올라
가 있지 뭐."

길휴는 그리 투박하게 말하곤 망보기 자리로 올라갔다. 덕이
안절부절못했지만, 그가 삐져서 올라가는 걸 감상하는 것보다
나루와 덕과 논의하는 것이 중요했기에 집중을 이쪽으로 옮겼
다. 나루도 턱에 손가락을 두드리며 생각에 잠겼다.

"문제?"

"응, 마을로 간다고 해도, 우리에겐 크게 교환할 물건이 없어.
보통 이런 황량하고 외딴곳에 마을이 있다면, '지워진 세계'의
물건을 기반으로 살아가고 있을 테고. 그나마 트럭과 식량을 교
환?"

"거기에 더해 혹시 모를 외지인을 거부하겠지."

나와 나루는 암담했다. 이대로라면 직진이 가장 바람직한 수
가 될 것이다.

"어이, 헛똑똑이들!"

망루에 먼저 오른 길휴가 외쳤다.

"누가 오는데?"

길휴가 뻗은 손은 두 개였다. 그리고 두 손은 각각 다른 방향을 가리켰다. 도로 앞 그리고 뒤. 너무 안일했다. 나루는 덕의 손을 잡고 운전석으로 나는 숙소칸으로 재빨리 들어갔다.

"일단 방향이 겹치니 계획대로 직행."

들어가자마자 운전석과 연결된 뒷창문을 열었다. 덕은 허둥대지만 그래도 안전벨트를 잘 매었고, 나루는 시동부터 걸었다. 내 요청을 받은 나루는 엄지를 들어 올리며 기어봉에 손을 올렸다. 아직 도로 밖 풀밭이라 비교적 덜 흔들리기에 침대 매트릭스를 들어 올렸다. 도시 내 백인회 테러 및 트럭 강도질에도 비밀 아닌 비밀 무기고는 살아남았다. 활과 화살. 시위를 당기니 당기는 대로 당겨졌다. 차가 크게 흔들렸다. 도로에 올랐다. 앞으로 있을, 방치되어 구멍 난 도로의 흔들림에도 맞출 수 있기를. 간단한, 나를 위한 나를 향한 기원을 하며 창가로 다가가 시위를 당겼다.

"덕, 내가 계속 소리 지를 수 없으니까, 무전이 오면 뒤로 알려줘."

"네? 아, 알겠어요!"

"나루, 2시 하나는 보이지? 7시 방향 셋 온다. 6시 바짝 붙어서도 오고."

"그런데 나루, 이 정도면 길휴는 그냥 위험한 거 아닌가요? 이건 매복도 기습도 아닌, 그냥 습격이잖아요!"

앞뒤로 나루 나루, 날 찾는 말에 머리가 어지러웠다. 하지만 여기서 내가 정신을 못 차린다면, 이 차에 탄 넷은 잡히든 탈선하든 결말을 맞이한다. 정신을 차리고 길휴의 상황 전달을 들으며 길을 똑바로 보았다.

"비켜라 비켜… 이대로 부딪히면 너희만 죽는다…!"

앞으로 마주 보며 달려오는 차량엔 들리지도 않을 말을 중얼거렸다.

"나루, 저거 위에서 겨누는 저거 총 아니에요?"

"괜찮아 방탄유리 중에서도 완전 짱짱한 방탄유리야."

"우리 부딪혀요…!"

"좀 조용히 해!"

덕이 언급한 대로 기관총을 단 지프차가 맞은편에서 달려왔다. 당연히 총 끝에서 화염이 쏟아져 나왔지만 여지껏 쓸 일 없던 방탄유리가 총알로부터 나를 지켜주었다. 하지만 이대로 가다간 지프차와 크게 충돌할 것이다. 하지만 이건 초대형 트럭이고, 상대는 일개 지프차였다. 즉, 우리는 가벼운 부상이 최대일지라도 상대는 최소 개죽음이었다. 그걸 상대가 안다면 앞에서 비킬 터였다. 다행이라면 상대가 먼저 핸들을 꺾었다. 그래도 스치긴 한 듯 차가 미묘하게 기울었다가 돌아왔다.

"전 차량 후방에서 쫓아오는 중. 전방 클리어."
운전석 창문을 열고 손을 뻗었다. 사이드미러를 조절했지만, 이 각도에서는 거울을 통해 보이는 차량이 없었다. 앞뒤에서 오는 압박에서 벗어나니 숨통이 트였다.
"뭔가 보여요?"
"아니, 그런데 역시 길휴야, 총을 쏘는데도 살아있네."
"그거 칭찬 맞죠?"
"칭찬이지?"
"원 다운. 유시에게 화살 몇 발 남았는지 확인 바람."
"화살이요?"
"유시~ 화살 몇 발 남았냐고 물어보는데?"
덕이 의아해하고, 이젠 내가 해야 할 일은 운전뿐이 되었기에 내가 대신 물어봤다. 백발백중은 아니더라도, 유시가 활을 기가 막히게 잘 쐈다. 이런 상황에서도 운전자를 쐈든 타이어를 터트렸든 무력화시켰다는 점에서 더더욱 유시의 실력이 실감이 났다.

"셋."

"세 개 남았데"

"-시 방향, 요술봉 들었다. 7시 방향 요술봉. 즉시 대응 바람."

무전이 살짝 꼬였지만, 오른쪽에 붙어있던 유시는 곧바로 반대쪽으로 뛰어갔다.

"발사됨. 화물칸. 전원 충격 대비요망."

무전기를 통해 길휴가 다급하게 외쳤다. 두 손으로 운전대를 꽉 잡고, 한 쪽 눈은 전방을 다른 눈으로는 덕을 봤다. 충격을 대비하라는 말에 뭘 잡을지 모르고 손이 허공에서 돌았다.

"덕, 벨트 맸지? 문이랑 위에 손잡이 있으니 꽉 잡-."

내가 말을 다 마치기도 전에 차가 크게 흔들렸다. 차가 한순간에 무거워진 느낌에 액셀을 밟는 발을 더 깊이 눌렀다.

"뭐에요?!"

"로켓이야. 만든 건가, 아니면 남아있는 걸 큰맘 먹고 가져온 건가."

덕의 말에 대답하는 것보다 계기판에 주목했다. 방금 폭발로 문제 생긴 곳이 없는지 특히 연료 게이지 바늘이 비정상적으로 줄지 않는지 확인했다. 다행이라면 연료통에 문제가 없었고, 별다른 특별한 문제는 없는 듯했다. 문제라면 속도였다. 사이드미러를 보았다. 거울로 보일 정도로 화물칸이 요동친다. 어디에 어떻게 맞았는지 모르지만, 화물칸은 이제 말 그대로 짐이 되었다.

"길휴, 네가 더 잘 알겠지만, 화물칸을 떼야하는데 이견 있어?"

"위에 붙잡을 것도 없어. 나 말고 유시한테 물어봐."

"유시, 들었지? 의견 있어?"

유시의 말을 듣기 위해 뒷창문을 향해 고개를 살짝 꺾었다. 하지만 숙소칸에는 정적만이 감돌았다. 일단, 무전기를 잡고선 어쩔 줄 몰라 하는 덕의 몸을 눌러 바로 앉혔다. 무장 강도에게 습격당하는 일이 있었을지라도 운전 중 로켓에 맞아보는 건 처음 있는 일이다.

"유시?"

유시는 집중하면 말을 못 듣는 경우가 많았다. 활을 쏘는 것이 크나큰 집중을 요하는 일임을 알기에, 내가 할 수 있는 것은 그저 길휴에게 상황을 듣고, 짐 덩이를 달고서도 운전을 잘하는 것뿐이었다.

"길휴, 들려? 상황 파악 자세히 해줄 수 있어?"

한 손을 운전대에서 떼고 덕에게서 무전기를 뺏었다. 원래 무전기 자리에 거치하고 두 손을 다시 운전대에 올렸다. 덕은 다시 멀미하는지 스스로 창문을 열고 게워 냈다. 덕에게 무언갈 더 바랄 수 없었다.

"지금 느껴질지는 모르겠는데, 7시 방향, 좌측 앞 중앙 뒷바퀴 세 개 다 나갔어. 그냥 연결을 끊어내는 게 좋을 것 같아."

"방법은?"

"내가 여기서 안전벨트를 풀고 내려간다면 갈 수는 있겠지. 다만, 속도를 줄일 수는 없을 테고… 위로 기어가면 시간이 걸릴 거야. 위험하기도 하고."

찰칵 소리가 났다. 무전기 너머로 난 것이니, 길휴가 상의를
마치기 전 망루에 고정한 벨트를 풀고 맨몸으로 기어가기 시작
한 것이 분명했다. 화물칸이 요동치는 덕에 사이드미러로 화물
칸 뒤, 슬쩍 지프차의 형태가 보였다 가려졌다. 거울상이 보이
는 것보다 가까이 있기에, 끊어내지 못하면 저 치들이 화물칸
으로 올라타거나, 다른 로켓을 들고 가까이 와선 자폭 테러하
는 마음가짐으로 쏠 수 있었다. 길휴가 속력을 늦출 수 없다는
건 이런 맥락일 것이다. 물론 길휴의 생각하는 깊이를 생각했을
때, 그 의도가 아닐 수도 있지만 지금은 이걸 생각할 때는 아니
었다.

찰나의 주행이 굉장히 길게 느껴졌다. 덕이 연 창문으로 총
성이 들리는 것으로 보아, 아직도 총을 쏘는 것 같았다. 하지만
총을 쏜다는 걸 알아도 내가 할 수 있는 건, 총알 자국이 난 앞
유리 너머에 집중하며 운전하는 것뿐이었다.
　"저기, 나루 여기… 앞쪽에 작게 보이는 저 길로 가면 지름길
아니에요?"
　옆에서 덕이 지도를 꾸역꾸역 들어 어느 지점을 가리켰다. 그
리고 덕은 연이어 저 멀리 측면을 가리켰다. 곁눈으로 본 지도
의 그 길은 사막으로 바로 가는 원래 계획과 다른, 마을로 향하
는 길이었다.
　"사막으로 가는 지름길…은 아닌데… 거기에 뱀길이라…"
　구불구불한 길이었다. 거기에 고저 차가 큰 내리막길이면 더
더욱 위험천만한 길이었다. 거기에 그냥 트럭이 아닌 짐짝을 달
고 다니는 트럭이라면, 저 길로 가는 것은 자살행위와 같은 짓

이었다. 하지만 악수인 이 선택지가 묘하게 끌렸다. 그렇기에 모두의 의견을 듣기 위해 무전기를 들었다.

"전방에 내리막 구불구불한 길이 있고, 그냥 직진이 있는데 어디로 갈까?"

무전기에 대고 말했지만, 답으로 오는 소리가 없었다.

"길휴?"

이쪽 무전기에 흠 하나 없는 걸 보니 여기 무전기가 고장 난 것은 아니었다. 길휴가 무전기를 놓쳤다던가 다른 여러 상황이 있을 수 있었지만, 소통이 단절된 지금 할 수 있는 최선과 당장 할 수 있는 걸 해야 했다. 물론 우선 의견 합치를 봐야 했기에, 한 손으로 운전대를 부여잡았다. 일단 옆의 덕이나마 이야기를 나눠보고자 했다.

"덕, 괜찮아?"

남은 손으로 덕을 톡톡 쳤다. 하지만 남은 기력을 써가더 차멀미를 버텼기에, 덕은 손이 닿자 픽하고 쓰러졌다.

"유시? 유시 있나?"

숙소칸에도 들리도록 힘을 짜내어 외쳤다. 이런 상황이라면 점잖게 있을 유시라도 큰 대답을 해줄 것이었다. 하지만 숙소칸은 아까와 같은 정적뿐이었다. 이건 오롯이 나 홀로 결정해야 할 일이 되었다. 무전기를 들었다. 말해도 듣는 이 없는 무전이겠지만, 내 결정을 큰 소리로 송신했다.

"길휴, 유시, 우리 뱀길로 간다. 들을지 모르겠지만 준비하라고."

스스로 마음을 다잡는 통보를 하곤, 양손으로 운전대를 힘주어 잡았다. 속도가 화물칸이 제대로 달려 있을 때보다는 갑이

줄였지만, 평지가 아닌 연속 내리막 커브 길은 두려운 길이었
다. 더군다나 지도를 봤어도 유심히 본 길이 아니기에 초행인
길과 다름없었다. 사이드미러를 보니, 쫓아오던 지프차 역시 우
릴 따라 그 뱀길로 접어들었다.

"이런 길을 왜 안 지운 거야…!"
욕이 목 끝까지 차올랐다. 만약 '이름 소거 장치'를 발견한다
면, 이딴 길부터 세상에서 지울 것이다. 서너번 밖에 꺾지 않았
지만, 수백번의 커브를 돈 것 같은 피로감이 단숨에 쌓였다. 이
런 계속되는 내리막이 끝나길 바라는 마음을 담아 사이드미러
를 잡고 이리저리 돌려 상황을 살폈다. 추격자가 없다면 속력을
줄이거나 아예 차를 멈출 생각이었다. 내 바람에 지지 않는 듯
지프차들은 현란한 운전 솜씨를 뽐내며 뒤따라왔다. 그런데 저
기 가까스로 숙소칸 위에 매달린 저건 길휴인가? 아니 유시다.
온몸을 감싼 옷을 입고 엎드려서 아래로 손을 뻗은 것이 아마
저 아래에 길휴가 분리 작업 중일 것이다. 덜컥. 차가 가벼워져
앞으로 차가 앞으로 튀어 나갔다. 다행이라면 커브를 막 돌던
참이었기에 급발진으로 인한 탈선은 일어나지 않았다.
"화물칸 분리."
"죽는 줄 알았네."
달리는 차 윗면과 옆면에 매달려 있다가 숙소칸으로 들어온
것인지 정겨운 두 목소리가 들렸다.
"상황 보고부터 해줘. 계속 달려?"
"추적자 화물칸 충돌. 안전. 감속 요망."
"난 좀 쉬련다. 전부 화물칸에 치여서 다 날아갔거든."

"일단 천천히 갈 테니 다들 쉬어."

천천히 그리고 조심히 뱀길 주행을 마쳤다. 구불구불한 길을 따라 내려오느라 속이 뒤집어진 기분이었다. 출발 전, 덕이 만들어 준 샌드위치를 괜히 먹었다는 생각이 들었다.

"잠시 정차한다."

들을지는 모르겠지만, 옆자리와 뒤의 일행들에게 일방 통보 후, 차를 세웠다. 헛구역질하며 내리니 유시와 길휴도 내렸다.

"죽겠다."

"나도."

"동의."

누구 할 것 없이 다 죽는 말을 뱉었다.

"덕은?"

길휴가 나를 보고 물었다. 하지만 나는 나 혼자도 챙기기도 힘들어 고개를 가로저었다. 정신 차릴 틈도 없이 길휴는 내 옆을 팽하고 지나며 달려 보조석을 뜯어낼 듯 요란하게 열었다. 그리고 그 품에 덕을 안고 걸어 돌아왔다.

"이상하게 반응하지 마. 놀랐잖아."

"맞다, 미안. 길휴, 너 동생이 있었지."

길휴가 나를 죽일 듯 노려본다. 예전에 길휴가 말해준, 그의 '지워진 세계' 이야기를 기억하고 있음을 알리기 위해 웃으려 했으나, 되려 내 입가가 떨리는 걸 느꼈다. 긴장으로 체했나 보다.

"있었지."

길휴는 한 음절씩 씹어서 말했다, 더는 말하지 말라는 경고로써, 그가 주먹을 쥐고 있다는 것을 알리기 위해서. 길휴는 덕을 바닥에 고이 내려주었다. 입가에는 구토가 묻어있었고, 길휴는 그것을 소매로 닦아주었다.

"그래, 너 하고 싶은 거 다 해라."

내가 할 수 있는 최고의, 최선의 조언이었다. 이렇게 몸이 힘들 때, 아픈 기억, 역린을 들쑤셔봤자 좋을 것 하나 없었다. 그 둘을 뒤로 하고, 우리를 등지고 서 있던 유시에게로 가봤다.

"안 지쳐?"

"지쳐도 해야 해."

조금 쉴 법도 했지만, 유시는 잠시 숨을 고르곤 우리가 온 길에 서서 망을 봐주고 있었다.

"상황 설명해 줄 수 있어? 간략하게."

"로켓 피격 후, 개문. 길휴 포복 진입. 상황 전달 받은 후, 협력."

"그럴 것 같긴 했는데… 유시, 네가 왜 위에 있던 거였어? 후…"

유시는 나를 한심하게 보았다. 내 다음 질문을 꿰고, 그 질문은 멍청한 질문이라는 눈이었다.

"차 옆에서 뒤로 갈 수 없음. 요동치는 화물칸에 압사당할 가능성."

숙소칸 창문은 양옆에 나 있지만, 문은 우측 옆면 비교적 뒤쪽에 있었다. 그래서 내 생각에는 커브 돌 때, 잘 뛰면 닿을 것이라 생각했다.

"길휴 제안. 내가 신호, 길휴가 연결장치 제거."

유시는 말을 골라 하는 것도 힘든지 저리 가라는 손짓을 했다. 길휴는 기절해 바닥에 뉜 덕의 얼굴을 죽은 동생 보듯 하고 있어 다가가기 그랬고, 유시는 귀찮아해 갈 곳이 딱히 없었다.

두 칸 트럭에서 그냥 캠핑 트럭이 된 애마로 향했다. 화물칸을 연결했던 연결고리는 숙소칸, 한쪽만 남아 있었다. 쓸쓸하게 그간 노력해 준 연결고리를 쓸어내리며 저 뱀길 아래 버려진 화물칸을 추억했다.

"나루! 물 있어?"

길휴가 다급하게 소리친다. 비축분이 아닌 당장 마실 물은 숙소칸에 두었다. 내가 할 줄 알았는지 유시는 가만히 망을 보기에 내가 숙소칸으로 가 물을 가져오니, 덕의 정신이 점차 돌아왔다.

"…천천히 마셔라."

나에게 물을 받은 길휴는 천천히 덕에게 아주 조금씩 입 안으로 흘려주었다.

"너도 많이 넣어주면 안 되는 건 알지?"

"알아. "

"여긴…"

덕은 천천히 웅얼거렸다. 만난 지 이틀 만에 폭발물을 동반한 추격전을 겪게 해서 덕을 볼 면목이 조금 없었다. 물론 우리의 사정을 듣고도 스스로 따라오겠다 했으니 이 정도는 감내해야 했다. 하지만 이런 일을 겪고도 계속 따라올 건지 물어보긴 해야 했다. 만약에 물어보지 않고 덕보고 차에 타라고하면, 길휴가 길길이 날뛸 것이다. 덕에게 애정이 어린 눈으로 간호하는 길휴를 보면 쉬이 예상되는 일이었다. 평소에 어린애와 거리를 두려고 노력하는 이가 저리 풀어진다면, 내 턱을 풀어버릴 주먹을 날리는 것도 가능했다.

"에휴."
가볍게 숨을 고르며 기지개를 켰다. 속은 많이 괜찮아졌지만, 말동무가 없기에 기력이 빠져나가는 기분이었다. 차라리 밤바람 시원하게 불어줬으면 했지만 바람 한가락도 불지 않았다.

　해는 빨리 떨어졌다. 구불구불한 길까지 트럭을 쫓아오던 추적자는 떼어진 화물에 치여 그대로 골짜기 아래로 떨어졌다. 지프 차량에 기관총 무장, 초반에 강한 전력으로 제압하려는 전략이었을지. 맞는다고 한들, 백인회 혹은 홍인들이 이 상황을 예상하지 못했을지. 그렇다면 이 상황을 예상해서 구성한 예비 팀이 존재할까. 그런 혹시 모를 사태를 대비해 한참 달려온 도로를 보았다. 다행이라면 아직 어떤 징조도 하늘 위에 피어오르는 불꽃도 반짝이는 신호도 길고 짧은 반복적인 음도 나오지 않았다. 지금 앞으로의 전략에 대해 생각해도 될까? 전략을 세워도 될 상황인지에 대해 생각했다. 우선 동료부터 봤다. 나루는 답해주는 이가 없으니 여기저기 둘러보고 있고, 길휴는 탈진해 쓰러진 덕을 간호해 주고 있다. 이 상황에서 저 너머 큰 반응이 오면 저 둘이 알아채 알려줄 것이다. 천천히 지금 상황을 정리했다. 원래 계획대로라면 우리는 이쪽 길로 빠지는 것이 아닌, 직진하여 사막 방향으로 가야 했다. 하지만 안심하고 쉬는 중, 기습과 추격전으로 짐이 된 화물칸을 떼어야 했다. 하지만 원래 방향으로 물자 없이 갔다면, 많은 고민이 따라왔을 것이다. 결과론이지만, 마을 방향으로 방향을 튼 선택은 지금으로선 옳은 선택이었다.

“야, 헛똑똑이. 그래서 다음은 어디로 가냐? 마을?”

길휴가 옆에서 같이 망을 서줬다. 적어도 날 보고 말을 걸지 않고 내가 보는 방향으로 보고 있으니 그런 것일 것이다. 덕은 이젠 괜찮아졌기에, 상황에 대한 설명을 듣기 위해 왔으리라.

”마을. 보급 및 정비.”

“너도 알 텐데. 이런 척박한 곳에서 사는 애들은 하나 같이 이상한 애들이라는 거.”

길휴는 까치발을 들며 저 너머에 무엇이 있는지 확인하려 했다. 그저 내가 무엇을 보는지 궁금해서 그러는 것일까. 길휴와 나는 현 상황이나 ‘이름을 지운 자’의 연구실 관련이 아니라면, 사적인 면을 포함하여 서로 먼저 물어보지 않았다. 반면, 방금 트럭에서 내린 직후, 길휴와 나루의 대화처럼 둘은 서로 먼저 사적 영역을 건들고 라포르, 친밀감을 쌓아갔다. 그 관계성이 부러웠다. 하지만 누군가와 친밀해지는 것은 여전히 부담스러웠다. 두려움과 공포에 기반한 부담스러움. 만약 사적인 이야기를 하자고 한다면.

”만약…”

입을 뗐다. 하지만 다음에는 무엇을 말해야 할지 막막했다. 어떤 관심사도 어떤 호불호도 어떤 이야기도 알지 못함에 기인한 망설임.

“만약, 뭐? 또 최악의 결말을 막기 위한 대책이야?”

길휴는 나를 살짝 내려다보았다. 이미 내 이미지는 이런 것이겠지. 사적인 것은 없고, 오로지 앞으로의 계획만 수립 및 진행

중 그 계획을 수정하는 이.

"사막에 없다면… 어디로 가야 하지."

모자를 벗었다 고쳐 쓰며 트럭 쪽으로 몸을 돌렸다.

"뭐라도 나오겠지. 없으면 네가 또 헛똑똑이 짓을 한 것이니. 도시 출입 금지당한 10년 동안 먹고 살 방법을 찾고 다른 정보를 찾아야겠지."

길휴는 싱겁다는 듯 숨을 길게 뺐다. 덕이 덮어졌던 이불을 팡팡 터는 소리가 났다. 길휴도 먼지 터는 소리를 들었는지 나 따라 발을 트럭 쪽으로 돌렸다.

"동생 있었지?"

내 말에 다시 나에게 몸을 돌린 길휴는 눈을 크게 떴다.

"나도 귀 있어. 언제 어떻게, '새로 쓰여진 세계'에서 아니면 '지워진 세계'?"

"두 번. '지워진 세계'에서 죽고 '새로 쓰여진 세계'에서 살아 나 또 죽었어. 자세히 들려주기엔 너와 나, 거리가 멀지 않아?"

차가운 눈빛. 잘 알지 못한 채 다가오지 말라는 눈. 언제나 인간과 관계가 어려운 내가 자주 보는 눈. 차라리 내가 편집증이길 바라며 외면하게 되는 눈.

"그래."

베레모를 깊게 눌러 썼다. 세상이 한층 더 어두워졌다. 어두움, 오늘도 과거의 기억이 발목을 잡는다. 그 기억은 이젠 돌아올 리 없는 '지워진 세계'의 것. 어렴풋한 기억에서 누군가, 아마 '이름을 지운 자'와 친하게 이야기하는 나. 꽤 가깝게 지냈지만, 이름도 얼굴도 어떤 것도 흐린 그이와 친했다고 생각한

나. 떠올리려고 할 때마다 얼굴에 그늘이 짙어지는 그분. 그리고 유서 같은 편지. 편지의 내용은 기억나지 않지만, 편지로 전해지는 감정과 전해진 감정이 일으킨 내 감정은 기억한다. 미안함과 배신감 그리고 속상함. 내가 그동안 서툴게 다가간 것을 눈치채지 못했음에 대한 후회. 여전히 그런 실수를 반복하는 건가.

"…"

길휴는 말없이 돌아서 덕에게 다가갔다. 뭐라 담소를 나누는 걸까. 궁금증이 일었다. 마음만 먹으면 엿들을 수 있었다. 하지만 호기심은 비단 이 세계와 저 세계 상관없이 관계의 파멸로 이어졌다. 이름도 얼굴도 목소리도 무엇 하나 기억나지 않는 이는 나의 그런 호기심을 잘 받아주었지. 힘들 때는 먼저 다가와주고, 즐거울 때 먼저 다가옴을 받아주는.

모자 위 후드를 더 깊게 눌러썼다. 세상을 마음속으로 정리했다. 객관적 정보에 기반한, 나 역시 하나의 구조물일 뿐인 세계. 사물과 생명의 구분이 없으며, 나라는 존재도 다른 존재처럼 하나의 수단이자 장기 말인 세상. 수단은 목적을 위해 존재하며, 수단인 나의 목적.

위치는 사헬 지대, 날은 정오를 훌쩍 지난, 저녁을 준비할 시간. 가져온 식량 등의 물자는 저 골짜기 사이에 빠져들었으며, 추적자들의 시체를 확인하지 못했기에, 되돌아가는 건 조금 위험. 길을 따라가면 마을이 있음.

"유시, 가자."

상황에 대해 서서 중얼거리고 있자니, 나루가 와서 내 어깨를 두드렸다. 나루의 얼굴이 없었다. 아니 있을 것이다. 유기체 생명체인 이상 있어야 한다. 하지만 그 얼굴에 눈 코 입이 있을 자리는 흐려 보여 무슨 표정을 짓는지 알 수 없었다. 눈을 감고 고개를 끄덕였다. 무탈함을 연기하며 한 동의 표현에 나루는 별다른 반응이 없었다. 나루는 평범하게 트럭으로 갔다. 숙소칸 위 망루에 길휴가 앉아 있었다. 망루 의자가 잘 돌아가는 지 한 바퀴 돌 때 본 길휴의 얼굴에도 이목구비가 뿌옇게 흐려 보였다. 별다른 반응을 주지 않고 그저 차로 들어갔다. 덕의 얼굴도 다른 둘처럼 안개가 꼈다. 내 책상 앞 의자에 앉은 덕에게 계속 앉아있어도 된다는 손짓을 했다. 그러니 덕은 머뭇거리며 다시 의자에 앉았다.

"일단 마을로 갈게."

나루가 창문을 통해 말했다. 덕과 길휴가 뭐라 한마디씩 말하지만, 그 한마디를 이해하기엔 머리에도 안개가 껴있었다. 무리했나? 아니면 '이름을 지운 자'에 대해 기억하려 하니 떠올리는 걸 막는 장치가 발동했나? 집중해야 한다. 어떤 이유든 곧 모든 것이 끝난다. 이 여정의 목표, '이름을 지운 자'가 만든 '이름 소거 장치'를 발견 및 조작을 위해서라면 버튼을 누르기 위한 손과 머리를 제한 모든 걸 바칠 용의가 있었다. 차가 천천히 앞으로 나아간다. 노을이 진다. 밤이 되면 습격에 취약해진다. 덕은 창문 밖 노을 지는 하늘이 아름답다고 말한다. 밤, 노을, 경치 분석할 것이 있는가, 알아챌 것이 있는가? 알아채야만 하는 것은? 주위 환경에 숨어 있을 수 있는 십가지 위험 요소가 정말 있는지 시각과 청각 그리고 후각까지 곤두세워 확인했다. 그리고 만약 그것 중 내가 알아채지 못할 경우, 내가 해야 할 다음 행동에 대한 계획을 수립해야 한다.

"저기, 유시?"

덕이 내 옆에서 어깨를 손가락으로 두드린다. 여전히, 아니 얼굴의 일그러짐이 심해졌다. 전체적인 자세와 내 쪽으로 내민 머리 그리고 움츠린 어깨로 보아 걱정하는 표정일 것이다. 가볍게 고개를 끄덕였다.

"괜찮아요? 안색이 안 좋아 보여요."

천천히 다시 고개를 끄덕였다.

'괜찮아? 안색이 안 좋아.'

목소리에 겹쳐 떠오른, 오래된 기억. 논리 실험실에서 '이름을 지운 자'와 나눈 대화. 아니 내가 일방적으로 건 말. 처음으로 그이가 나에게 화와 짜증을 낸 날. 평소와 달리 아무 말도 못 하고 실험실에서 나온 날.

"…괜찮아."

고개를 창밖으로 돌렸다. 그때에도 이런 해가 비추고 있었다. 어렴풋이 그 사람의 노을을 등진 실루엣이 기억나려 하다가도 아지랑이처럼 흩어졌다. 입을 닫고, 노을만 봤다. 노을만.

차는 느리게 요동치고, 해는 빠르게 내려갔다. 저 옅은 불빛은 마을인가? 마을, 하지만 계획을 수립하지 않았다. 아니, 생각할 것이 넘치기에 하지 못했다. 어떤 목적으로 왔는지, 무엇을 할 건지, 신원은 어떻게 보증하며 해를 끼치지 않음을 보일 것인가. 식량 보충이 목적이라면 무엇을 대가로 내걸어야 하나.

지금이라도 덕을 여기에 두고 셋이 사막으로 가야 하나. 만약 덕이 따라온다고 하면, 식량을 어느 정도 몇인분으로 준비해야 하나. 만약 이런 고민이 무색하게 적대적이고 호전적인 주민이면 어찌해야 하나. 어디서 안전하게 자고, 어디서 식량을 구해야 하는가.

차는 천천히 마을로 들어섰다. 차의 시동이 꺼지고, 하차하라 한다. 덕이, 여전히 표정은 알 수 없었지만, 먼저 신난 걸음으로 차에서 내린다. 침대 밑 무기고에서 칼이나 활을 꺼내 내려야 하나? 창밖을 확인한다. 젊은이로 구성된 맞이꾼 몇몇이 횃불을 들고 온다. 저 불은 어둠을 태우기 위함인가 탈것과 우리를 태우기 위함인가. 수많은 질문, 해결되지 않는 물음. 나루가 창 너머의 나에게 손짓한다. 미리 말해놓고 온 것인가? 그럴 리 없다. 나루와 아는 사이인가? 나루가 말해준 그의 과거사에 이 사막 변두리가 있었나? 이전 여행 경로를 떠올려도 이 근방 지대는 절벽 위쪽으로 스쳐 지나갈 뿐, 이쪽을 바로 경유한 적은 없었다.

"뭐해, 안 나오고."

나루는 느린 걸음으로 순식간에 다가와 창문 있는 벽을 두드렸다. 수많은 생각과 추측을 이어가며 천천히 차에서 내렸다.

"다행히, 지금 마을 단위의 제를 지내는 중이라 되도록 외부인을 환대해줘야 한데."

나루는 기쁜 듯, 아니 피로를 풀듯 기지개를 쭉 하고 폈다. 아마 시원하다는 표정일 것이다. 다만, 맞이꾼의 표정은 물론, 이젠 맞이꾼의 형상조차 불투명한 상자에 씌운 것처럼 명확하게 보이지 않았다. 어떤 자세인지, 무엇을 원하는 지, 나를 어찌 보는지 추측조차 불가했다. 나와 달리 셋은 잔잔하게 즐거워하며 이들을 따라가고 있었다.

"어이 총각? 처자? 보아하니 생각에 갇혔군."

허리가 살짝 굽은 듯한 이가 내 정강이를 지팡이로 툭툭 쳤다. 가볍게 묵례했다. 누군지 어떤 얼굴을 가지고 어떤 지위를 가졌는지 흐려서 확인 못 했기에 범용적 예절을 차렸다.

"보자, 지금 이건 어떤 표정인가."

앞의 이는 지팡이 위쪽으로 자기 얼굴을 가리켰다. 지팡이 끝을 집중해서 보니 얼굴 옆, 피부는 보였다. 목소리의 성격으로 보아 노파였다. 눈을 살짝 감은 채로 고개를 가로저었다.

"투리, 타리! 이 손님은 내가 데려간다. 제는 시작하면 간다고 알려라!"

노파는 내 일행, 정확히는 일행을 인솔하는 사람에게 소리쳤다. 그리곤 내 명치를 지팡이 아래 뭉툭한 끝으로 때리듯 찔렀다. 아팠다.

"여긴 왜 왔어?"

얌전히 노파의 집으로 끌려갔다. 별수가 없었기도 하였으며, 환대할 손님을 독단으로 데려갈 이라면 반항하지 않는 것이 좋기에. 문 대신 발이 달린 집으로 들어가니 노인은 찻잔을 찬장에서 하나 꺼냈다. 방금까지 마시고 있었는지 탁자 위에는 찻잔과 찻주전자가 있었다. 따라주신 차향은 낯설었다. 음식에 들어갈 것 같은, 차보다는 향신료로 씀이 옳게 느껴지게 향이 매웠다. 흙으로 쌓아 올린 황토집은 빛을 가두어 따뜻함을 유지하고 있되, 유리창 없이 뚫린 창문에서 다른 창문으로 바람이 흘러 집 한편에 향이 켜져 있음에도 집 안의 공기는 깨끗했다.

"집중은 여기로. 네 말 상대는 여기다."

목소리에 역정을 담은 주인이 짚은 지팡이로 내 머리를 내리쳤다. 보지 않으면 다시 맞으리라. 목에 힘주어 앞사람의 얼굴을 마주 보려 했다. 곁눈도 아닌, 똑바로 직시하기. 그러나 머리가 아팠다. 어떤 표정인지, 어떤 생각인지, 나를 어찌 보는지, 나에게 바라는 것.

"딱 봐도 그 애처럼 생각이 많구먼. 많아도 너무 많아."

차를 따라주고 앉았던 주인은 자리에서 일어나 내 잔에 차를 따라주었다. 무슨 뜻일까. 다른 일행도 걱정이지만, 굳이 나만 따로 이 집에 초대한 용의는 무엇인가. 트럭이 도착하고 내가 내린 직후, 그사이에 내가 무언가 거슬릴 행동을 취했나. 이 일이 논리 연구소를 찾는 것에 어떤 변화를 가져오는 것인가.

"사람이 말하면 들어. 많이 생각하지 말고. 생각만 하면 이렇게 될 테니."

노인은 내 이마에 따라주던 찻주전자로 머리를 톡톡 쳤다. 내 앞의 잔은 가득 차 있었다. 아니, 이미 넘쳐서 흥건하게 내 바지와 바닥을 적셨다.

"우선, 또 생각 깊어지기 전에 말하자면, 넌 내 아들놈 같아서 데려온 거니 별 생각하지 말어."

"아들? …아, 아드님이 있었습니까?"

생각과 말을 정제하던 습관으로 짧게 말할 뻔했다. 노인은 앞기 전 경고의 의미로 지팡이를 내 얼굴 높이로 들어 흔들었다.

"그래. 너 같이 생각 많은 놈. 사교성도 귀염성도 없었고. 그래서 그냥 곁에서 지켜만 봐주니 훌쩍 떠난 놈 하나 있었어."

노파는 별다른 감흥 없이 차를 물 마시듯 들이켰다.

"그때, 곁에 있을 때 말을 걸어줄 걸 그랬어. 뭘 생각하는지. 하고 싶은 말은 있었는지. 소소하게나마 겪은 일을 말해보라 할 걸. 따로 살 때는 몰랐을 이야기를 물을걸."

늙은 어머니의 말에는 슬픔 대신 작게 응축된 후회만이 느껴졌다. 너무 자주 꺼낸 탓에 닳아버린 후회였다. 그런데 노인의 말을 되짚던 중 머릿속에 섬광이 스쳤다. 알려지기론, 이런 사막 외곽 마을은 먹을 것부터 해서 어느 하나 풍족하지 않았다. 이런 마을에서 살아남는 방법은 유목 등을 통한 특산품이 있어 주위와 교역을 하거나, 생산 품목 없이 주위를 약탈하거나 크게 둘 중 하나였다. 하지만 불가능에 가까운 방법이 있긴 했다. '지워진 세계'의 작동하는 건축물이나 논리 연구소의 '논리 변형' 시설이 마을 안 혹은 근처에 있어 그것을 이용하는 방법이었다. 선자, 수경재배시설 같은 생산성 건물은 그래도 꾸준히 발견되었고, 이 경우 '이름을 기억하는 자' 무리에서 유지 보수를 이유로 인원을 파견했다. 백인회는 유지 보수를 명분으로 시설 독점을 하는 홍인을 증오했다. 하지만 이걸 생각할 때가 아니었다.

"혹시… 아드님은 '이름을 기억하는 자'였습니까?"

"어찌 알았데?"

"아드님이 밖에서 살다가 이런 곳으로 구태여 돌아올 이유는 없지 않습니까? 또, 이곳은 약탈 마을이라기엔 주위에 다른 마을도 발전소 같은 '지워진 세계' 유적도 안 보이기에, 논리 연구소가 있을 것이라 생각하면…"

이런 곳이라 할 때, 노인의 표정이 언짢아 보였기에 뒷말을 빠르게 얼버무리고 고개를 숙였다.

"맞어. 걔랑 나랑 이 마을 사람들 전부 예전 세계를 알고 있어. 눈 뜨니 이딴 곳이고, 어이저이 밥은 꾸역꾸역 먹으면서 살지만, 다들 사는 게 사는 게 아니게 살고 있지."

노인은 허망하게 저 너머를 보았다. 어르신은 천천히 고개를 젓다가 차를 따르려 했지만, 차는 바닥과 내 바지에 이미 쏟아낸 뒤였다.

"츳, 아무튼 부른 건 노인네 노망이여. 편히 쉬면서 한풀이 해준다고 생각하고, 마저 말동무나 해주다 자러 가. 이미 가버린 아들놈 이야기는 그만하고, 그래서 여까지는 무슨 일로 온 겨."

"'이름을 지운 자'의 흔적을 찾아왔습니다."

"허어… 왜. 스스로 싫어서 이 난리 피운 애를 왜 찾아. 걔랑 친해서 그려?"

"…"

"고개 좀 들어봐. 이제야 생기가 도네. 보자, 관상을 보니 걔를 찾아서 할 짓이 보이는구먼. 뭘 하고 싶은지는 말 안 해도 돼. 왜 하고 싶은 건데?"

말동무보다는 취조에 가깝다 느꼈다. 대화는 서로 오가는 것이 기본 규칙으로 알고 있었으나, 노파는 몸을 내 쪽으로 기울이며 압박해 왔다.

"아…"

　어디서부터 어디까지 잘라야하는 지 망설여졌다. 생각에 갇히는 건 안 되지만, 할 말을 고르는 건 괜찮은 지 노파는 기다려 주었다.

　"세상을 예전으로 돌려 지금보다 더 좋은 세상으로 만들고 싶습니다."

　"왜?"

　마을 사람들은 이 노인의 말 상대를 안 해주는 것인가 아니면 이렇게 왜를 반복하기에 못 해주는 것인가 고민이 들었다. 질문에 대한 답을 생각하기 전, 노인에 대한 생각이 먼저 들었다. 하지만 이 생각 역시 놓아줄, 놓아야 할 생각이었다.

　"너 세상에 뭐 빚졌어? 왜 그러고 싶은데?"

　앞으로의 일에 대한 고민에 너무 깊게 빠지고 얼굴을 잊는 건 나 홀로 해결할 일이며, 다짜고짜 데려와 옷에 차를 붓고 왜만 반복하는 노인에게 화가 날 법했다. 하지만 그동안, 오랫동안 하지 않았던 질문, 왜. 노인 덕에 해야 할, 현재에 빠져 하지 못했던 생각을 할 수 있었다.

　"그건… 세상이 좋기 때문에. 인류가 좋아서… 라고 하면 되겠습니까?"

　노파는 고개를 끄덕였다.

　"…만약 그 아이가 아직 살아있다면, 아니면 그 전 세상에서라도 자네랑 알고 지냈다면 서로 말이 잘 통했을 텐데. 일단, 통과여."

　노인은 자리에서 일어났다. 그리고 액자 뒤에서 얇은 두언가를 꺼내 나에게 던졌다.

”그 망할 논리 연구소 통로 열쇠여. 뭔 눈을 그리 떠. 여기서 아래 거까지 가는 통로 있으니, 쉬었다 내일 새벽에 가. 미리 준 건 내가 까먹을까 봐 그려.”

울먹이는 목소리를 들키지 않게 또박또박 발음하고선 자리에 다시 앉은 노부는 고개를 저 멀리 창가로 두었다. 누군가를 보는 듯했다.

”감사합니다. 그런데 통과라고 하셨는데-”

”캐묻지 말어. 어른이 주면 ‘고맙습니다’하고 받는 겨.”

”감사합니다.”

고개를 숙이며 다시 감사함을 전했다. ‘고맙습니다’라고 안 해서 그런지 아니면 다른 이유가 있는지 노인은 다시 혀를 차며 저 방에서 자면 되고, 어서 자라 하며 내가 미처 일어나기 전에 등을 껐다. 방에 들어가 겨우 촛불을 찾아 키니, 어제도 청소한 듯하면서도 다시 만날 수 없는 이의 흔적이 보존된 방이었다.

늘어진 덕을 봤더니 죽은 동생이 떠올라 착잡한 와중에 유시가 긁어서 한껏 더러워진 기분으로 차에 올랐다. 화물칸이 떨어져 나간 덕인지 차는 평소보다 빨리 달렸고, 마을까지 반나절 동안 달려왔다. 거기에 더해 우릴 연이어 쫓아오는 이는 없었으며, 총과 폭발 속에서 연료통은 손상이 없었기에 무탈하게 도착했다.

"어우, 실례합니다. 혹시 하룻밤 실례해도 괜찮겠습니까?"

내가 망루에서 내려가기 전, 나루가 먼저 운전석에서 내려 우리 트럭으로 오는 이들에게 말을 걸었다. 만약 적대적인 이들이었다면 내가 내려가는 동안 나루를 찌르고 나 역시 투창 따위로 잡아냈겠지만, 두 접객원의 손엔 등불뿐이었다. 나루는 숙소칸의 문을 열었고, 덕은 땅이 반가운 듯 황급하게 내렸다. 나 역시 망루에서 내려왔다. 유시는 어딨지? 뒤를 돌아보니 그 정떨어지는 얼굴이 차 안에서 저 너머를 멍하니 보고 있었다.

"쟤는 안 온대?"

내가 둘에게 소리쳤지만, 반응이 없었다. 다만 덕은 아직도 다리가 떨린다고 나루에게 한탄했고, 나루는 그런 덕의 머리를 쓰다듬어 주었다. 그리곤 그 대머리는 애한테 뭐라 작게 소곤소곤 말했지만, 덕보다 말소리가 작아서 들리지 않았다. 둘이 웃

는다. 이게 나루가 원하는 일상인가. 가볍게 생각하며 그 둘에
게 다가갔다. 나루는 자기는 아무 말도 안 했다는 몸짓을 하며
마침 도착한 두 마을 주민에게 묵례로 가볍게 인사했다.

"아이고, 다시 한번, 늦은 시간에 미안합니다."
"괜찮습니다. 딱 좋을 시기에 오셨군요."
덕의 뒤로 가서 섰다. 덕은 조금 헤진 웃음을 지으며 나를 올
려다보았다. 도대체 어떤 기억이 덧씌워졌길래 이런 상황에서
도 웃을 수 있을까.
'형, 오늘 일 때문에 짜증이 나는 데 같이 술 마실까?'
"뭐라 했어?"
"네? 저 아무 말도 안 했는데요?"
덕은 눈을 크게 뜨고 나를 바라봤다. 총과 로켓으로 무장한
이들에게 쫓기다가 구부정한 길에서 거칠게 달리는 트럭에 매
달렸기에 꽤 피곤했나 보다. 한숨을 의식하며 뱉고는 눈을 살짝
비볐다. 눌린 시야가 흐려졌다가 괜찮아졌다. 다시 덕 위로 나
에게 괜찮냐고 매번 물어봐 주던 동생이 겹쳐 고개를 돌렸다.
물어본다면 둘러댈 수 있게 저 멀리 보았다. 전기 하나 안 쓰는
동네, 가스나 전기를 쓰지 않는 기름등이 가로등 자리를 차지하
는 걸 보다가 덕을 보았다.
"아이고, 그러면 좀 부탁드리겠습니다."
장사꾼 나루가 어찌저찌 거래를 성사시켰나보다. 그 짧은 순
간에 마을 사람과 마음을 텄는지 나란히 서서 가려고 했다. 여
기 두 사람 그리고 차 안에 한 사람을 까먹었는지 돌아보지도
않았다.

"나루, 그래서 따라가면 돼?"

"아! 맞다, 미안해라. 너무 기뻐서 까먹었네. 엣콩."

되지도 않는 아저씨의 애교. 뭐가 그리 좋은 상황인지 나루는 한껏 애교 섞인 어투로 스스로 머리에 약한 꿀밤을 먹였다. 덕이 이런 걸 보고 배우지 않았으면 하기에 덕을 내려다보니 경악도 동경도 아닌, 그러려니 하는 표정이었다.

"저 멍청이는 나루, 네가 가서 말해."

엄지손가락으로 뒤에 주차한 차를 가리켰다. 저 음침한 것이 발소리 없이 다니지만, 만약 여기 같이 있다면 무슨 일인지 캐물었을 것이다.

"알았어. 무시한 벌이라는 거지? 다녀올게."

"저 장사 대머리는 지가 귀여운 줄 알아."

나루가 트럭 가까이 가고 나서, 나는 덕의 어깨에 손을 두르고 덕의 손가락을 잡아 대머리를 가리켰다.

"그런데 나루 머리는 원래 그랬어요?"

"지 말로는 스트레스성 탈모였나? 어차피 자기가 탈모 오는 세대라고 해서 그냥 지 선택으로 밀었다더라. 저번 세상에서 생긴 거래. 근데 '이름 소거' 뭐하고 난 뒤에도 탈모는 못 치는 건지, 안 고치는 건지. 아무튼 나루 덕분에 '이름을 지운 자'가 탈모는 아니라고 추측하고 있더라."

내가 조롱 조로 계속 이야기하니 덕은 잔잔하게 미소 지으며 내 얼굴을 보고 있었다.

"왜 날 그렇게 보냐? 내가 대머리 된 생각 하냐?"

"아니, 그냥 처음과 다른 모습이라서요."

"첫인상 말하는 거냐?"

덕은 천천히 눈동자를 굴렸다. 적당한 단어가 생각났는지 아하고 입을 벌렸다가 바로 잊었는지 입을 닫았다.

"처음 봤을 땐 불량배였다면, 지금은 까탈스러운 동네 아저씨 같아요."

"하. 어이없네."

"유시는 곧장 따라올 거야. 보이지 걷는 거?"

왜 인상 변화가 있는지 물어보고 싶었지만, 나루가 위로 뛰어내 어깨에 자기 팔을 감쌌다. 몸에 힘을 조금 풀고 있어 넘어질 뻔했지만, 휘청거렸을 뿐 넘어지지 않았다. 내가 노려보니 나루는 볼에 바람을 불어 넣고는 윙크하며 깜찍 아닌 끔찍을 발산했다.

"에휴, 그런데 이번엔 뭘 조건이나 비용으로 내걸었길러 묵게 해준데?"

"없어. 그냥 머물게 해준다고 해."

나루는 공짜가 좋은지 며칠 동안 지은 장사치가 억지로 짓는 사람 좋은 웃음이 아닌 순수하게 방긋 미소 지었다.

"대신 누구 팔아넘기고, 너는 이제 우리가 아니니 우리는 무료입장. 이런 건 아니고?"

반은 농담이었다. 기분 상할 농담이지만, 나루는 웃으며 넘겼다.

"중요한 제사가 있는데, 이 제를 지내는 동안에는 외부인을 극진히 대우 해줘야 하나 봐. 관례래 관례. 더 큰 것도 있는데 말하는 거 못 들었어?"

나루는 내 몸 가까이 얼굴을 들이밀며 작은 소리로 소곤소곤 말했다. 긴 운전에 맛이 간 것 같기에 몸에서 조금 떨어뜨려 줬다. 마을 주민 둘은 앞장서 가려 했기에 덕의 어깨를 감싸고 나루를 지나쳐 갔다.

"아무튼 즐기러 가자고."

뒤에서 어느 할멈이 외치는 소리가 들렸지만, 앞의 마을 주민 중 하나가 알겠다고 외쳤다. 하지만 귀찮아 뒤돌아보지 않았다. 우리를 삶아 먹을 가마솥 불을 떼우라는 소리만 아니면 뭐든 상관없었다.

기름등에 비치는 길목과 집은 유리창 하나 없는 흙으로만 만든 집이었다. 더불어 문은 나무나 철이 아닌 짚으로 엮은 발로 대체했다. 그 발과 문 사이로 빛이 새어 나오는 집도 있기는 있었지만, 제사 때문인지 불 꺼진 집이 태반이었다. 즉, 즐기러 가자는 나루의 말과 달리 평범한 제삿날 거리처럼 볼거리가 없었다.

"뭐가 재밌다고."

몇 번 골목을 꺾어 들어가니 광장이 나왔다. 흙집과 상반되는, 반들반들 광이 나는 은빛 기계가 광장 한가운데에서 횃불의 빛을 반사하고 있었다. 저게 뭐냐는 말이 절로 나올 주위 풍경과 다른 이질감이었다.

"저게… 뭐에요?"

옆에 서 있던 덕이 나 대신 질문해 줬다. 기계 주위로 마을 사람인 듯한 이들이 바닥에 큰 원으로 둘러앉아 옆 사람과 소소하게 말을 나누고 있었다. 사이비 종교가 아닌 소소한 마을 반상회 같은 분위기라 마음이 놓였다. 인신공양이나 사교도 분위기를 냈다면 당장 둘을 옆구리에 끼고 탈출할 생각을 잠시 했지만, 제 집인 것 같은 분위기에 그런 생각은 날아갔다. 하지만 그럼에도 건물과 건물 사이에 들어가는 작은 상가 크기의 기계가 마음 놓기의 장애물인 건 달라지지 않았다.

"이 마을은 지워지기 전 세상을 기억하는 사람들의 마을입니다. 이 제사는 그 세상에 대한 기억을 나누는, 지워진 세상 전체에 대한 제사입니다."

우릴 데려온 이 중 하나가 입을 열었다. 아까 입구에서 한 이야기가 이것인 듯 나루는 큰 반응 없이 기계를 빤히 보았다.

"그럼 저건 그건가? '이름 소거 장치'? 아니면 논리 변형 장치?"

어차피 잘 모르는 분야이기에 아는 걸 다 말해봤다. 인도자 둘이 날 보았다. 마치 어디까지 알고 왔냐는 표정이었다. 알려져서는 안 될 내용이 알려졌다는 듯한 표정이기도 하고.

"설마 맞아? 작동해?"

"우선, 주무실 곳부터 안내해 드리겠습니다."

말을 돌리는 듯한 기분이 들었다. 그래도 결국 우리는 손님의 자격이기에, 기계에 홀린 듯 보는 나루와 기계 주위에 있는 사람에게 관심을 가지는 덕을 끌고 기계가 보이는 집으로 안내받았다.

"잭팟이네."

차에서 바로 와서 풀 짐도 없었다. 미늘창도 갈아입을 옷도

트럭, 이젠 단순한 대형 캠핑카가 된 차 안에 있었다. 언제 가
져왔는지 모를 짐을 푸는 나루를 보다가 지루해 침대에 앉았다.
하지만 돌침대라 생각하고 비교적 조심히 앉은 침대는 생각과
달리 푹신했다. 이런 침대가 세 개인 걸로 보아 유시는 다른 곳
에서 재울 심상인가 했다.

"매트릭스인가?"

눌러보니 스프링이 느껴지지 않는, 자르지 않고 통째로 찍어
낸 스펀지였다. 엉덩이로 탄성을 시험해 보니 적당히 단단하면
서도 탄력이 좋았다. 오랜만에 보는 침대다운 침대가 신기하고
재밌어 몇 번 더 튕기니 날 보던 덕이 곧장 신발을 벗고 자기
침대에 올라갔다. 아이다움. 그걸 볼 때마다 마음이 아팠다.

"길휴, 괜찮나?"

나루는 짐을 챙겨왔지만, 그 양도 별로 안 되는지 풀 짐은 다
푼 나루가 내 곁에 와서 무릎을 만져주었다.

"아니. 말했잖아. 난 애가 싫다고."

"그래도 이제 슬슬 놓아줘야 할 때가 아닌가 싶어. 언제까지
품고 살 수 없다는 건 알잖아."

"무슨 이야기하시는 중이에요?"

덕이 나와 나루처럼 침대에 걸터앉았다. 덕이 나를 보듯 나루
는 나를 보았다. 그리고 이 이야기에서 빠진다는 듯 뒤로 떨어
지듯 누웠다. 그 눕는 힘에 내 엉덩이가 살짝 들렸다. 그 모습
이 웃기는지 덕은 풋하고 웃었다.

"아무 이야기도 아니야."

"그럼 제 이야기 해도 되요?"

덕은 뭐가 좋은지 실실 웃었다.

"저 지금 되게 꿈꾸는 거 같아요. 사실 꿈이었으면 좋겠어요. 하루 이틀 사이에 겪은 많은 일이… 좋기도 하지만, 그 뒤에 좋은 일 만큼 나쁜 일이 있었으니까요. '이름을 기억하는 자'와 한 두어번은 만날 거라 생각은 했지만, 이렇게 '이름을 지운 자'를 찾으러 떠날 줄 몰랐어요. 다만, 부모님 가족 친구 모두 내일 일어나도 그다음 날 일어나도 보지 못할 거고, 세 분이 '이름을 지운 자'를 찾은 다음에 저는 어디로 갈지…"

덕은 눈을 감았다 떴다.

"그래서 어젯밤에 자기 전에 그리고 오늘 아침에 일어날 때 바란 게 그거예요. 이 모든 일이 꿈이었으면 하는 거죠. 일어나서 '이름을 기억하는 자' 세 분이 오셔서 이야기를 나눴고, 큰 트럭도 타보고 거기서 멀미한 거, 강도와는 견줄 수 없는 큰 테러 현장에도 있었던 꿈을 부모님이랑 친구에게 자랑하듯 말해주고 싶어요."

앞의 아이는 망설였다. 울먹이는 목소리로 마저 말을 이었다.

"이렇게 말하면서도 너무, 너무 실감이 안 나요. 양목장이 제 삶의 전부인데, 이제 그곳에 가면 아는 이가 아무도 없다는 게, 가면 아버지가 빨리 움직이라고 꾸중하고 어머니는 그런 아버지를 혼내는 그런 장면이 너무 눈에 훤한데… 이렇게 잠깐 즐겁다는 게 죄지은 것 같고 마음 아픈 꿈을 꾸는 것 같아요."

나루는 일어나 덕의 이야기를 듣고 있었고, 내 등을 툭툭 쳐줬다. 무슨 의미인지 알기에 덕의 어깨 바깥을 툭툭 쳐서 밖으로 나오라는 수신호를 줬다.

단단한 흙벽에 등을 기댔다. 집 안에 나루가 있었지만, 이미 내 사정을 아는 아저씨이기에 상관없었다.

"덕, 난 내 밑에 동생 있었다."

덕은 코를 흘리고 있었기에 옷소매로 훔쳐주었다.

"두 번 죽었어. 한 번은 '지워진 세계'에서 다른 한 번은 이 세상에서. 단둘이 살았어. 일이 바빠서 혼자 뒀다가 사고가 났지. 그런데 세상이 한 번 엎어지니, 애가 살아서 왔어. 하지만… 다시… 떠났지."

덕이 이해하는지 안 하는지 봐도 몰랐다. 나는 유시나 나루처럼 표정만 보고 상대의 이해 정도를 판가름내는 능력이 없었다. 다만 내 말을 이해하고 받아들이라고 하는 말이 아니었다.

"너 같은 애였어. 해맑고, 뭐든 좋아하고, 챙겨지는 것도 좋아하지만, 도와줄 수 있는 건 도와주고 싶어 하는 애. 착한 애였지. 그래서 죽었고. 아무튼 결론은 나도 한명이지만 가족 전부를 잃어선 이러고 있었다고. 그리고 이건 내가 내 짐을 털어내려고 말한 거니 네가 이해 못 해도 상관없어. 대신 한 가지 너한테 바라는 게 있다면, 너는 나처럼 너무 오래 앓지 말라는 거다."

밖 공기는 바람이 선선하니 산책하기 좋았다. 마을 단위의 제사를 지낸다 한들, 외부인인 우리가 그 틈을 비집고 참여할 의무는 없었다. 덕에게 좀 걷자고 따라오라 하고 걸었다. 마을 사람들은 전부 광장 같은 곳에 모여 있는지 거리와 집에 사람이 보이지 않았다. 구경이나 할 심상으로 광장까지 왔던 길을 되짚어 걸어갔다. 뒤에 덕이 따라오는지 확인하다가 하늘을 보니 별이 구름에 가려져 잘 보이지 않았다.

"길휴. 따라와."

어둠 속에서 유시가 나타났다. 그리고 보니 숙소에 유시가 따라오지 않았음을 이제야 깨달았다. 유시는 급한 일인 듯 나를 따라오던 덕의 손을 잡아채고 골목 안으로 들어와선 나도 따라 들어오라 계속 손짓했다.

개정 10년 10월 12일 밤
사헬지대 마을
유시 재생

노파의 호의를 받아 고인의 방을 둘러보았다. 마치 어제도 살아있는 이가 쓴 것 같았다. 책상 위 펜같이 간단한 물건부터 책장까지 모든 요소가 어머니의 손을 통해 정리되어 있었고, 방의 주인이 죽음에서 돌아온다면 방의 시간이 살아올 때까지 동결된 것으로 착각할 정도로 먼지 한 톨 없었다. 계속 주위를 보자니 집주인이 이 마을에서 꽤 중요한 직책을 가졌는지 이 방에서도 천장 위로, 옥상으로 올라가는 계단이 있었다. 하지만 계단 끝은 나무문으로 막아두었다. 그래도 잠금장치 하나 없기에 들어서 열 수 있었다. 그렇게 옥상으로 나오니 구름이 그 사이 물러 났는지 별이 총총히 떠 있었다.

"저건…"

고요한 동네, 우리가 온 방향으로 움직이는 형체가 보였다. 차량은 아니었다. 크기로 추정하자면, 말이었다. 도로로 오는 것으로 보아 야생마 무리가 아닌 누군가 타고 있는 것은 확실했다. 또한 달려오는 속도로 보아 한 두시간 이내로 마을에 도착할 것이다. 차분히 방으로 돌아왔다. 저들은 누구인가. 마을에서는 제사를 지내고, 장사를 하며 정보를 모았을 적에도 이쪽으로는 오지 않았기에 최소 우리의 친구는 아니다. 방에서 나와 집주인 노파를 찾았다.

[제사 지내고 온다. 준비한 밥은 없으니, 배가 고프면 광장으로 찾아오거라.]

하지만 거실 탁자 위에는 찾거든, 광장으로 오라는 메모만 남겨져 있었다. 이 마을로 오는 이들에 대한 정보를 얻기 위해서, 그 전에 다른 셋에게 알리기 위해 집 밖으로 나왔다. 야속하게도 노파는 광장 위치를 메모에 남겨주지 않았다. 길의 폭은 골목마다 들쑥날쑥했기에 큰 골목에서 더 큰 골목으로 가는 전략은 유효하지 않았다. 거기다가 물어볼 이도 제를 지내기 위해 광장으로 갔기에 길목에는 나뿐이었다.

숨을 죽이고, 귀를 열었다. 한 곳에 사람이 모여 있다면 소리로 알아챌 수 있을 것이다. 천천히 발을 옮겼다. 발소리나 말소리보다는 기계가 작동할 때 나는 진동음이 다 잘 들렸기에 그 방향으로 일단 나아갔다. 도착한 광장에는 소음을 내는 기계 주위에 마을 사람 여럿이 앉아있었다. 제사라기엔 일상적 모임 분위기였다. 조용히 그리고 조심히 광장 외곽 쪽에 앉은 이에게 다가갔다.

"실례. 혹시 마을 밖에 나갔다 돌아올 이 있습니까?"

"엄마야! 소리 없이 와서 놀랐네요. 이번에 오신 손님 맞으시죠? 앉으실래요?"

고개를 저었다. 하지만 앉지 않으면 말하지 않을 것이라는 듯 주민은 옆자리를 계속 두드렸다. 거절할 수 없는 상황에 바로 일어날 수 있도록 살짝 무릎을 대어 앉았다.

"아유, 뭐가 급하시다고. 자고 가시는 거 아니에요? 아무튼, 여긴 많이 외진 곳이라 방문객도 적고, 제사 지내는 날이라 나간 사람도 없어요. 무슨 일 있어요?”

“… 일 없습니다. 그리고 주민은 마을 안에 다 모여있다… 알겠습니다. 감사합니다.”

가볍게 인사를 드리고 일어났다. 저 말을 타고 오는 이들이 마을 사람이 아니라면, 일단 숨어 있는 것이 가장 확실한 대응법이었다. 다른 이는 어디에 있지?

“혹시 다른 분하고 길을 엇갈리셨나요? 아, 명희 할매가 따로 한 분 데려가셨다고 들었는데, 그분이 당신인가 보네요. 다른 분은 아마 저기 골목으로 들어가면 만나실 수 있을 거예요. 그 방향 집이 이런 목적으로 지어진 집이라서요.”

내가 두리번거리니 청년은 한쪽 골목을 손가락으로 가리켰다. 가볍게 인사를 드리고 골목으로 조심히 들어갔다.

“-너는 나처럼 너무 오래 앓지 말라는 거다.”

길휴의 목소리가 들렸다. 들리는 방향으로, 되도록 빨리 닿기 위해 골목에서 사잇길인 지름길이라 생각하는 길로 달렸다. 덕과 길휴가 보였다. 나루는 아마 숙소에서 쉬고 있을 것이다. 내 쪽으로 걸어오는 이들을 향해 손을 뻗었다. 그리고 덕의 손목을 잡곤 끌어당겼다.

“길휴, 따라와.”

“왜, 또 뭔데.”

길휴는 덕을 잡은 날따라 골목 안 어둠 안으로 들어왔다. 잘 숨은 것을 확인하고 내가 본 것을 말해주었다. 마을 밖에서 말 여럿이 오는 것과 누군가 타고 있음, 그리고 지금 밖에서 들어올 리가 없다는 것.

"지금 제사라서 조심할 건 없지 않아요?"

"환대가 중요한 제사는 마을 주민만 해당하는 것. 외지인인 우리와 추격자는 상관없음. 높은 확률 싸움 발생 시 우리가 버려질 가능성."

"하지만 제사가 방해받길 꺼려서 중재할 가능성은? 애초에 주민에게 물어봤어? 누군가 온다는 것과 싸움 날 수도 있다는 걸?"

길휴이기에 할 수 있는 간단한 길이지만, 나에게는 깊이 생각해야 할 문제였다. 틀린 말은 아니었다. 다시 처음부터 생각해 보았다. 방금 만난 주민의 말에 따르자면, 이 마을은 방문객이 적은 곳이라 했었다. 오랜만에 오는 손님이라는 말도 없었기에, 방문객을 위한 숙소도 있었기에 길휴의 마을주민 중재 가능성은 없진 않았다. 하지만 나루가 언질을 준 '제사 중 한정 환대'라는 조건이 마음에 걸렸다. 설마 식인종 마을이고, 제사 중 외지인끼리 싸움은 오히려 제사가 끝난 뒤의 그들을 돕는 것은 아닐까.

"유시, 그만 생각하고. 일단 나루랑 합류하는 건 어때?"

길휴가 내 후드를 벗기고 베레모를 뺏어갔다. 밤이기에 어두운 세상이 그림자가 벗겨져 한껏 밝아졌지만, 그 밝음이 시원하면서도 불쾌했다. 모자 없이 후드만 다시 눌러썼다. 베레모를 덕에게 씌우고 길휴는 내가 끌고 온 골목에서 나와 앞장섰다.

"나루, 돌아왔는데… 이 아저씨는 또 어디 간 거야?"

그를 따라 들어온 외지인 전용 집에는 아무도 없었다. 발을 걷어 한쪽에 걸며 들어오니, 침입한 흔적이나 물건을 턴 흔적도 없어 나루 역시 길휴처럼 산책하러 나간 듯 보였다.

"유시, 여기 모자요."

베레모가 씌워지자마자 벗었던, 손에 들고 다니던 덕은 한참을 머뭇거리다 나에게 베레모를 건네주었다. 쓰고 있던 후드를 위로 올리고, 그 안에 모자를 집어넣었다. 덕은 나를 빤히 보고 있었다.

"문제?"

"어… 눈동자가 아름다우신데 왜 가리시는지 해서요?"

"… 이유 없어."

"말해 주고 싶으실 때 이야기 해주세요. 전에 말하지 않았나요? 저 기다리는 거 잘해요."

그런 적이 있었나? 아마 다른 이와의 대화를 착각한 것 같았다. 베레모를 깊게 눌렀다. 이번에 이 대화를 끊으면, 언제 다시 긴 대화를 이을 수 있을지. 내 이야기를 했을 때, 마냥 좋은 이야기가 아닌 내 이야기를 받아줄 수 있을지. 깊게 누른 모자를 살짝 올렸다. 눈이 보이도록.

"기약 없는 긴 기다림은 후회로 이어져. 그리고, 이 눈을 가린 이유… 이 눈을 칭찬해 준 이 중 한 명이 그자야, '이름을 지운 자'. 물론, 왜 어떻게 좋은 지도 그 얼굴도 모르지만, 그 사실만은 기억하고 있어. 하지만 어떤 말을 들어도 그자의 칭찬만큼 와닿지 않기도 하고, 눈 이야기 나올 때마다 그자가 생각나서 가려."

말을 뱉을 때마다 긴장과 후회 그리고 두려움이 같이 나왔다. 분명 이건 괜한 말이다. 머리에 쓴 내렸다가 올린 것을 다시 누르려 했다. 덕이 내 아래로 내려와 내 눈을 빤히 바라보았다.

"칭찬 받으려고 눈 뜨고 다니는 건 아니잖아요. 그나저나 이 색을 뭐라 하죠? 피콕블루? 옥색? 제가 색에 관한 단어를 많이 알았다면 바로 말씀드렸을 텐데 아쉽네요."

덕은 어려서 허리도 안 아픈지 숙인 채로 계속 내 눈을 보며 떠오르는 색을 연거푸 말했다. 길휴는 태평하게 집 안에 앉아서 창밖을 보며 풍경을 즐겼다. 내 시선을 의식한 것인지 길휴는 손가락으로 방안을 훑다가 소파를 가리켰다.
"서서 기다릴 거야? 앉아. 어련히 돌아오겠지."
기다리면 늦을 것이다. 하지만 찾아 떠난다 한들 돌아다니다가 나루와 엇갈릴 가능성이 있었다. 길휴가 가리킨 소파 근처 다른 의자에 앉았다.
"그런데 이야기 나온 김에 '이름을 지운 자'에 대해 이야기 해 줄 수 있나요?"
덕이 소파 위로 몸을 던지듯 올라가 누웠다. 궁금함이 가득한 눈이었다. 길휴 쪽을 바라보자, 그는 멀리 밤하늘과 골목을 내다볼 뿐이었다.
"'이름을 지운 자'에 대해 기억하는 이는 많이 없어. 그자와 깊이 연관된 이들은 지금 '새로 쓰여진 세계'의 기억으로 덮어졌을 테니 어정쩡하게 기억하는 이들만 나처럼 어렴풋이 기억하고 있지. 나…나는 지워진 세계의 논리 연구소의 연구원이었어. 예전 기억을 되짚으려 하면 연못에 돌을 던지는 것처럼 기억이 흐려지니 맞겠지. 아무튼 '이름을 지운 자'와 나는 선후배 사이였고, 내가 후배… 겠지."
그동안 덮어두었던, 꺼내도 곧장 덮었던 기억을 천천히 되짚었다. 연구소 자리에 앉아있던 그자와 그 자리로 찾아가는 나. 무슨 이야기를 꺼냈는지 몰라도 웃는 나. 격렬한 감정이 포함되지 않은, 자잘한 이야기는 기억나지 않는다. 기쁘고 즐거운 추억. 돌아간다면 돌아가고 싶은 과거였다.

"선후배라면 같이 뭘 연구했나요?"

덕은 내 이야기를 재촉했다. 길휴의 귀가 쫑긋하고 이쪽으로 집중하고 있는 것으로 보아 길휴도 듣고 싶은 걸로 보였다.

"지금 '이름'이라 불리는 것, 이데아라고도 하지. 논리 연구소가 '논리 변형'이라는 물이 끓는 온도를 바꾸는 등 실용적인 연구를 한다면, 내가 한 것은 좀 더 이론적 근원적이라고 보면 돼. 이것도 추론이지만."

"너, 논리 연구원 출신이었냐?"

길휴는 눈을 가늘게 뜨고 내 팔다리를 뜯어버릴 듯 노려보았다.

"안 물어봤으니."

"…이따 말해. 저기 제사 지낸다고 모인 곳에 뭔가 일어나고 있는 것 같은 데 가볼래 아니면 여기서 나루 기다렸다가 같이 갈래?"

길휴가 가리킨 방향에서는 제사가 시작된 것인지 빛줄기가 위에서 아래로 이어져 있었다. 위로 나가는 빛인가 아래로 내리치는 빛인가는 빛줄기가 길어서 파악하기 어려웠다. 그리고 저런 시선을 끄는 빛이라면 응당 백인이든 홍인이든 쉬이 알아차릴 규모였다. 하지만 마을이 '이름을 지운 자'와 크게 연관이 있기에 들키지 않았을 것이다.

"가자."

우리는 밖으로 나와 광장으로 걸었다. 덕은 재잘재잘 흙집이 이쁘다는 말과 문이 없는 것이 신기하다고 재잘댔다. 길휴는 물 위에 지은 집과 눈으로 만든 집 등 자신의 지식 안에서 해줄 수 있는 다양한 집의 형태를 알려주었다. 피를 나누지 않았지만, 정다운 형제의 모습이었다. 언제나 홀로일 나는 광장에서 나오는 빛을 올려다보았다. 만약 세계를 내가 기억하는 풍족한 세계로 돌려놓는다면, 기억이 수정되면서 지금 일은 기억조차 못하게 될, 없던 일이 되는가. 생각하다 보니 어느새 광장이었다. 은색 기둥은 변형되어 레이저포인터처럼 하늘을 향해 빛을 쏘아 보내고 있었다. 마을 사람들은 가사 없는 흥얼거림으로도만 이루어진 노래를 부르고 있었다. 그리고 그 장면을 나루가 넋을 놓고 보고 있었다.

"나루?"

내가 어깨를 치니 나루는 너무 행복해 보였다. 저 빛은 뇌에 착란 효과를 주는 빛인가? 후드를 눌러 쓰려했다.

"유시, 너무 아름답지 않아? 이 노래랑 풍경이. 역시 이 세계는 바뀌는 것 없이 유지되어야 해."

나루는 감동에 목소리가 잠겼다. 나루를 끌고 광장 외끝으로 갔다. 동공을 보고 숫자를 거꾸로 세어보게 했으며 표정도 점검해 보았다. 그는 아름다움을 즐긴 게 죄냐며 짜증을 냈지만, 그래도 검사에 순순히 따라주었다.

"뭘 걱정하는지는 알지만, 길휴가 아닌 너라면 알 거잖아 아름다운 걸 보면 말문이 막히는 거."

길휴가 뜬금없이 튄 불똥에 화를 냈다. 나루는 앉아서 제사라고 하는 의식을 바라보았다. 너무 좋아하기에 나 역시 그 의식을 들여다보았다. 원시 부족 같은, 채집 수렵 시대에 모닥불을 피우고 성공적인 사냥을 기원하는 장면에서 모닥불 대신 기계를 중앙에 둔 모습이었다. 하지만 노래는 가사가 없는 흥얼거림이고, 격렬하거나 정제된 춤 없이 앉아서 제각각 움직였기에, 무엇을 기원하는 제사인지는 추측하기 난해했다. 고개 숙인 채 제사 해석을 못 하고 있으니, 나루가 내 어깨를 툭툭 쳤다.

"소박하고 잔잔하지. 유시, 그런데 중요한 건 면대면 사람 간의 교류야. 노래 부를 때 얼굴을 마주 보고, 앉아서 추는 춤 봐, 서로 손을 잡고 놓고 다시 잡고. 이게 사회지."

덕은 길휴에게 저 흥얼거림의 음정을 가르쳐주고 있었고, 나루는 평화로운 지금이 그저 좋아 보였다. 생각을 잠시 내려놓고 숨을 들이마시고 내쉬었다. 좋기는 했다.

개정 10년 10월 12일 밤
사헬지대 마을
덕 실행

"아 아아아 아아. 이거에요. 아아 아아 아 가 아니라요."

길휴는 심각하게 음치 박치였다. 마을 사람이 부르는 단조로운 제가를 따라 부르는 것도 벅차했다.

"그냥 듣기만 하자. 어차피 우리 제사도 아닌데."

길휴는 체념하고 나를 옆구리에 끼고 제사 지내는 것을 보았다. 흥얼거리는 음은 점점 낮아지고 있었다. 제사가 끝나가는 것일까. 은 기둥에서 나오는 빛이 처음보다 가늘어졌다.

"슬슬 끝나가는 것 같죠?"

마을 사람의 움직임이 줄어갔다. 그리고 빛이 완전히 사라지자, 마을 사람은 조용히 그리고 가만히 앉아있었다. 끝인 건가 싶어 주위를 돌아보니 길휴와 나만 두리번거렸다. 반면 나루와 유시는 마을 주민처럼 가만히 앉아 있었다.

"끝이죠?"

"해산! 수고했다. 다들 자러 가라."

조용하다가 어느 할머니가 외치는 소리에 몇몇 사람이 미적미적 일어났다. 잘 자라는 인사를 나누며 마을 사람들은 각자의 집으로 돌아갔다. 이젠 외지인인 우리도 안내받은 숙소로 돌아가면 됐다.

"안 돌아가요?"

다만, 유시와 나루는 숙소 방향이 아닌 주민 쪽으로 갔다. 그리고 그 둘은 마을 주민 한 분씩 잡고 무언가 이야기를 나눴다. 물어볼 것이 없는 길휴와 나는 꿔다놓은 양털 같은 신세였다.

"음, 저희 먼저 돌아갈까요?"

"그럴까? 아까 유시가 누가 말 타고 온다고 했는데, 제사도 끝났으니 돌아가도 되겠지. 둘에게 큰일 생기면 마을 사람이 찾을 테고."

그렇게 나루와 유시에게 통보도 없이 길휴와 나란히 걸어 숙소로 돌아왔다. 걸으며 기분 좋은 밤바람에 콧노래가 절로 나왔다.

"그런데 이젠 뭐하죠? 잘까요? 배고픈데."

침대에 엎드려 누웠다가 방 가운데에 놓인 과일 바구니를 보고 바로 앉았다. 그리고 바구니 안 사과를 집었다. 사과 철이 아님에도 갓 따온 것 같이 싱싱했다. 한입 크게 베어 물어보니 향이 좋고 입에 맞게 달았다.

"이거 맛있네요! 다른 과일도 있는데… 다 처음 봐요."

"노란 건 바나나, 그건 자몽. 그리고 이건 뭐야? 용과?"

내가 다른 과일을 들어 보이자 길휴는 그것들이 뭔지 하나씩 말해주었다. 다 처음 듣는 과일이었다.

"희한하네. 사막 근처에서 구할 수 없는 과일들인데."

길휴는 과도를 집어 용과라고 말해준, 분홍색 과일을 반으로 잘랐다. 안에는 하얀 과육에 검은 점이 총총총 박혀있었다. 그리고 껍질에서 분리하지 않고, 반으로 가른 하얀 속살에 칼집을 낸 다음 한입 크기의 깍둑썰기로 썰어 접시에 담아주었다.

"되게 맛이… 오묘하네요?"

"그래?"

늦은 과일 야식을 먹으며 창문 밖을 보았다. 가로등도 끄기 시작해 마을은 점점 어두워졌다. 달이 밝아 구름의 형태가 보였다가 짙은 구름에 가려져 한순간에 어두워졌다가 다시 조금 밝아졌다. 주민에게 여러 가지 묻던 유시와 나루가 길을 잃지 않을지 걱정이 되었다.

"안에 있지 말고 밖에 서서 기다릴까요?"

길휴는 마침 소파에 누웠다. 마중 나가기 귀찮은 듯 내 말을 듣고도 이불을 덮었다.

"멀리 가지 말고, 그냥 문 앞에서 혼자 기다리면 되지 않아? 굳이 나까지 가야 해? 꼬맹이라 부르긴 했지만 거의 다 큰 성인이잖아?"

길휴는 다녀오라는 듯 손을 흔들며 자리에 그대로 쓰러지듯 누웠다.

"에휴…"

초롱불을 들고 유시와 나루를 기다렸다. 왼쪽 오른쪽 살펴보아도 이 거리의 빛은 이거 하나뿐이었다. 웬만해서 길을 잃지는 않겠지. 과일로는 배가 차지는 않기에 배에서 꼬르륵하고 울렸다. 배고프고 졸리기에 나도 그냥 자러 가버릴지 하는 마음이 컸다. 들어가려고 하니 골목 사이로 반짝이는 머리가 쓱 하고 나왔다. 나루가 안내받을 때 왔던 길이 아닌 샛길로 왔다.

"왜 거기서 나와요?"

갑작스러운 등장에 살짝 놀라 물으니, 나루는 입에 손가락을 올리고 숙소로 들어갔다. 나루에 이어 유시도 올지 싶어 샛길 사이로 초롱불을 비췄다. 하지만 아무것도 비치지 않았다. 나루가 유시에 대해 말해줄 것이라 믿기에 따라 숙소로 들어갔다.

"유시는요?"

"시아라고 했나, 아무튼 사랑 문제로 해결할 일이 있나 봐~"

나루는 하품하며 침대로 들어가더니 바로 코를 골기 시작했다. 잇따라 소파 위 길휴도 작게 코를 골았기에 방안은 코골이로 시끄러웠다. 유시는 아마 늦게 올 듯했다. 그래서 남은 두 침대 중 하나에 올라가 이불을 덮었다. 졸리나 소음으로 잘 수 없었다. 잠깐 졸았다가 코골이에 일어나도 시간은 얼마 지나지 않았는지 창밖은 여전히 검었다. 머리가 울려서 결국 발을 걷고 밖으로 나왔다. 숙소 밖으로 나오니 문 옆에 유시가 몸을 웅크린 채로 자고 있었다.

"유시?"

유시는 고개를 올렸다. 아까 전보다 눈에 활기가 없어 보였다.

"괜찮아요?"

"아니. 전혀. 절대."

"어… 밖에 그러고 있으면 감기 걸리시지 않을까요? 들어와서 주무세요. 두 분 코골이가 심하긴 해도 밖보다는 괜찮을 거예요."

"아니."

"어… 그럼 곁에 있어도 될까요?"

웅크린 유시 옆에 쭈그려 앉아 유시를 보았다. 덩치가 길휴만큼 크지 않았지만, 처음 만났을 땐 나보다 크다고 생각한 몸집이 나와 비슷하게 아니, 오히려 작아 보였다. 유시는 눈을 뜨고 바닥만 보고 있었다.

"나루가 누구와 이야기하고 온다고 했는데 무슨 일 있던 거예요?"

"… 점심에 말했지. 생각이 많다고. 이제까지 내가 하는 생각이 나라 생각해 왔는데, 그 생각이 그릇된 것이라면 나 역시 그릇된 것인가."

"어… 무슨 일인지는 모르지만, 제가 보는 유시는 멋진 사람이에요. 다른 세상에서 온 것 같은 분위기를 풍기고, 되게… 제가 생각하던 '이름을 기억하는 자' 같아서 좋았어요."

유시는 나를 돌아봤다.

"만약…"

유시는 다시 고개를 바닥으로 떨궜다.

"덕이라면, 만약 모두를 위해 세상을 '지워진 세계' 시절로 돌릴 수 있다면, 돌릴 거야?"

"전기도 많고 차 연료도 많고, 모두가 인터넷인가로 이어진 세계 말이죠? 저라면… 돌리고 싶어요. 즐거운 세상이겠죠? 자원이 많다면 그걸로 독점이니 해서 테러도 없을 테고. 돌릴 수 있다면 돌릴 거예요. 그리고 유시가 말했죠, 생각이 많다고. 저도 눈치 있어요. 유시는 '이름을 지운 자'를 만나서 소원으로 세상을 예전처럼 돌리고 싶은 거죠?"

"맞아, 하지만…"

유시는 말을 덧붙이려다가 하지 않았다. 기다렸다. 들어가도 코골이로 잠에 들지 못할 것이 분명했기 때문이었다.

"세상에는, '새로 쓰여진 세상'에는 두 종류, 아니 세 종류 사람이 있다고 조사됐어. 예전 세계의 기억을 가진 사람과 예전 기억 위에 날조된 기억으로 덮어진 사람, 그리고 이전 세계에는 없던 새로 만들어진 사람. 그래서 만약 '이름을 지운 자'처럼 세계를 조작하면… '새로 쓰여진 자'처럼 누군가의 기억이 사라지거나 운 나쁠 경우 존재 자체가 지워지겠지. 이 세상에 없던 사람이 되는 거야."

"그렇군요."

"아직도 자원이 풍부한 세계로 세상을 바꿀 수 있다면 바꾸고 싶어?"

"음… 잘 모르겠어요. 하지만, 음, 유시라면 '이름을 지운 자'와 같은 실수를 하지 않을 거예요. 왜냐면, 그 사람은 자신을 지운 거지만, 유시는 자신을 지우는 게 아니라 모두를 위해 자원을 만드는 거니까요. 사실 이름이라던가 논리라던가 처음 듣는 말이라 와닿지는 않아요. 하지만 유시가 하는 일이 마냥 나쁜 일을 하고 싶어서 하는 일이 아니라는 건 알아요."

유시는 계속 바닥을 유심히 보고 있었다.

해가 뜨려고 하고 있었다. 구름이 걷히고, 동이 뜨려하는 새벽이었다. 유시는 호주머니에서 어떤 플라스틱 카드를 꺼냈다.

"덕, 따라올래? 마지막 보여주고 싶어."

"유시, 그건 뭐야? 우리 약속 잊은 거야? '이름 소거 장치'가 있는 논리 연구소 도착까지는 협력하기로 한 약속."

눈이 피로에 젖은 나루가 문틀에 기대고 있었다. 그리고 하품을 길게 뻗고는 유시 옆에 쭈그려 앉았다.

"뭐야, 아침부터. 화장실 밖에 있던데 나가는 길 막지 마. 근데 왜 벌써 아침이냐?"

푹 잤는지 목이 잠긴 길휴가 나와 바지 속에 손을 넣고 긁으며 나왔다. 나루는 그가 화장실에 갈 수 있도록 문 앞에서 비켜주었다.

"안에 있는지 몰랐음."

"그거 되게 보이는 거짓말인 건 알지?"

"증명할 수 있어?"

유시는 무표정 그대로 앉아있었고, 나루는 웃고 있으나 심상치 않은 기운이 흐르고 있었다.

"일찍 출발 하는거야? 가자고."

화장실 다녀온 길휴가 마른 손을 털며 왔다. 나루는 유시가 길을 아니 유시만 따라 가면 될 거라 했다.

"차 타면 어느 정도 걸릴 것 같아요?"

차를 탈 생각에 속이 느글거렸다. 공복이기에 게울 것도 없겠지만, 그래도 차멀미는 할 것이 분명했다. 하지만 나루가 예상 외의 말을 했다.

"차는 이제 없어."

분명 어젯밤에 내릴 때까지 차는 멀쩡했다. 차가 없어질 이유는 없어 보였다.

"카사노바 유시께서 처분한 일이니까 유시에게 물어봐."

"'이름을 기억하는 자' 쪽 지인. 차를 넘기는 대신 우리가 여기 왔다는 걸 숨겨주기로 함. 그리고 나루와도 의견 일치를 본 내용.”

“맞아. 유시가 이 마을 어딘가에 ‘논리 연구소’로 향하는 연결 통로가 있다고는 알려줬지. 그런데 중요해 보이는 카드키가 유시에게 있다고 말 안 해줬지?”

“그럼 어제 물어보고 다녔던 게 ‘이름을 지운 자’의 ‘논리 연구소’ 맞죠? 마을 어디에 있데요?”

나루가 이제껏 보여줬던 말과 달리 유시를 몰아세우고 있기에 다급하게 화제를 돌렸다.

“…제사 지내던 광장.”

“그 이상한 빛나는 기둥이 입구겠죠?”

우리 넷은 광장으로 향했다. 아침 해가 막 뜨던 시간이기에 밤에는 보이지 않던 마을의 색이 도드라지기 시작했다. 붉은 벽돌과 색색깔의 꽃을 보니 마음이 즐거웠다. 하지만 밤에 봤던 제사 한 가운데에 놓인 큰 은빛 기둥은 보이지 않았다. 그 자리에는 공터였다. 누가 옮겼을지 하고 기둥이 있던 자리에 서보았다. 바닥은 원래부터 아무것도 없었다는 듯 끌거나 끌린 자국 없이 깨끗했다.

“덕, 비켜봐.”

유시는 내가 서 있는 기둥이 있던 자리에 와서 무릎 꿇고 앉았다. 그리고 아주 작은 걸 찾는 듯 바닥을 신중히 더듬거렸다. 그러나 유시는 찾지 못해 계속 더듬거릴 뿐이었다.

“카드키 받을 때 어디에 꽂으라는 말 못 들었어?”

“응. 하지만 여기에 카드키를 쓰라는 건 확실.”

나루가 한숨 쉬며 쭈그려 앉아 유시처럼 바닥을 살폈다. 둘이 그러고 있어도 길휴는 꼿꼿이 서선 바닥을 대충 훑어봤다.

"저기, 길휴는 안 도와요?"

"그럼 덕 너는?"

"뭘 찾는 지도 안 알려주는데 못 찾죠?"

"나도 그래. 대신 아마 틈을 찾는 듯한데…"

길휴는 저벅저벅 호주머니에 손을 꽂고 유시에게 다가갔다.

"카드키 좀 봐도 돼?"

유시는 코트 안쪽에서 네모난 카드를 꺼내 건넸다. 그저 플라스틱 카드였다. 옆에 서 자세히 봐도 앞뒤가 똑같이 반은 투명하고 반은 파란색으로 칠해진 카드일 뿐이었다. 파란 부분에 글자가 있기는 했지만, 그 외에는 특별한 부분이 없었다. 이걸 어디에 꽂아야 하나 생각하니 길휴가 유시의 머리에 딱밤을 먹였다.

"내가 이래서 니들이 헛똑똑이라고 부르는 거야."

길휴는 광장 중앙에 유시가 꺼낸 카드를 두었다. 바닥이 살짝 흔들리다가 크게 요동쳤다. 그 진동에 중심을 잃고 엉덩방아를 찧었다. 벽돌 바닥이 갈라져 열려선, 광장 중앙에 원형 구멍이 생겼다. 작은 마을 전체를 울린 진동이기에 사람들이 깨지 않을지 주위를 둘러보니 이미 할머니 한 분이 벤치에 앉아계셨다.

"소란 없이 보내주려고 새벽에 가라 했는데 이리 늦어선 되겠나."

"안녕하십니까."

"인사는 됐고 얼른 가. 사람들 몰려온다. 시적이라는 양반 아나? 니들 어제 볼라는 거 억지로 막아놨으니 어여 가라."

할머니는 인사는 됐고, 얼른 저 구멍 안으로 들어가라는 듯 가라는 손짓을 계속했다. 이어서 하얀 옷을 입은 무리가 흉악해 보이는 몽둥이를 들고 몰려오기에 유시 나루 나 그리고 길휴 순으로 구멍으로 들어갔다.

"으아악!"

구멍은 굉장히 깊었다. 창고 위에서 짚을 향해 뛰어내린 적이 있었는데, 그때 떨어지던 놀이보다 몇 배는 떠 오래 떨어졌다. 그만 떨어져달라는 부탁을 속으로 하고 있을 즈음 떨어지는 것이 멈추고 몸이 두둥실 떠올랐다. 주위를 돌아보니 다들 나처럼 떨어지다가 멈춰 공중에 떠 방향을 잡고 있었다. 그러고 보니 나 혼자만 거꾸로 매달린 꼴이었다. 수영하듯 팔다리를 휘휘 저으니 간신히 머리를 위로 올릴 수 있었다.

"다들 괜찮아요?!"

다들 외마디 응답으로 무사함을 알렸다. 안도하려고 하니 우리가 떨어진 구멍이 닫혀 사방이 어두워졌다. 나루와 유시가 카드키를 준 사람에게 속은 건가 싶었다. 마을 사람들이 식인귀가 아닐까, 그런 망상이 들었다.

"유시, 나루 여기 맞아?"

"유시 말로는 맞아."

이건 길휴도 같은 마음인지 어둠 속에서 길휴가 툴툴댔다. 나루가 변명 아닌 변명을 하고 있자니 아래에서부터 형광 민트색 빛이 벽을 따라 올라왔다. 또한 빛의 선이 올라오지 않는 곳에서는 옅은 하얀 빛이 은은하게 나와주어 다른 셋이 공중에 떠 있는 걸 볼 수 있게 되었다.

"여기가 '논리 연구소'인가요?"

"아니, 가는 길. 그리고 가는 중."

유시는 벽을 가리켰다. 벽을 유심히 보니 빛이 올라오는 것이
아닌, 전등이었다. 즉, 우리는 추락 후 멈춘 적이 없었다. 내가
지금 빠르게 움직이고 있다는 사실에 속이 뒤집히는 기분이었
다. 나루의 운전과 달리 단순하게 흔들림 없이 그냥 떠 있는 기
분에도 멀미할 수 있다는 사실을 처음 알았다.

"얼마나 가야 하죠?"

유시를 보았다. 떨어지던 방향 기준으로 똑바로 선 셋과 달리
유시는 바닥을 마주 보고 가부좌를 틀었다. 이제 보니, 절대 벗
지 않던 후드와 베레모가 추락 중에 벗겨져 유시는 맨얼굴이 되
었다. 그 얼굴은 바닥을 향해 있었다.

"곧."

그 말이 끝나자마자 어두운 바닥이 환해지더니 눈이 부시게
빛이 나왔다. 참을 수 없는 빛에 눈을 감았다 뜨니 얼굴 한 뼘
앞에 바닥이 있었다. 갑자기 마주한 바닥에 화들짝 놀라 팔을
들어 얼굴을 막자마자 바닥으로 떨어져 굴렀다. 신묘하게 많이
아플것이라는 예상과 달리 아무 충격도 느껴지지 않았다. 어벙
해서 바닥을 딛고 일어나니 신발을 통해 바닥이 느껴졌다. 강하
게 쿵쿵 소리 나게 밟으니, 무릎이 아팠다.

"여기가 그 '논리 연구소'구만."

길휴는 내 어깨에 손을 올렸다. 누워있던 나루는 느긋하게 몸
을 일으켰고, 유시는 가부좌를 풀고 일어났다. 주위가 그림자
하나 없이 밝았다. 이곳은 가구 하나 없이 사방이 하얀 타일뿐
일 정육면체 방이었다.

[여기까지 온 경우는 처음이야. 그래서 잊으려는 사람을 찾아 온 이유는?]

사방이 울렸다. 빛나는 공이 우리에게 날아왔다. 이게 '이름을 지운 자'인가 싶어 자세히 보았지만, 그저 하얗게 빛나는 공이었다.

"선배."

유시가 먼저 말을 꺼냈다.

"당신이 제 선배 맞죠? '지워진 세계'에서 말이에요."

[그럴 수도 있지만, 그렇지 않을 수도 있지. 그리고 여기선 죽음은 허용되지 않아.]

눈 깜짝할 사이 하얀 구체에 칼이 생겨나선 그 빛에 붙어 떠 있었다. 동시에 나루가 헙하고 놀랐기에 그쪽을 보았다. 유시의 등 뒤로 나루가 서 있었다. 나루는 유시의 등을 찌르는 자세였다.

"나…나루?"

"… 덕, 이건 우리끼리 계약이야. '논리 연구소' '까지만' 협력하기로. 그런데 너, '이름을 지운 자' 이 세상이 너무 싫은 나머지 스스로를 없앴으면 세상에 존재하지 않아야 하는 게 맞지 않아? 왜 방해야."

나루는 싸늘하게 그리고 격하게 구체에 다가갔다.

[나는 내가 있는 세상에서 나를 지워서 내가 없는 세상을 만든 건 맞아. 하지만 착각하는 게 있어. 나는 자살한 게 아니야. 없는 존재로 남아있겠다는 것도, 세상을 관찰하기로 남겠다는 것도 내 선택이지.]

나루는 하얀 구체에 주먹을 날렸지만, 허공을 가로지르는 헛

손질이 되었다.

[그냥 원하는 것 하나씩 말하고 나가. 내가 원하는 건 그냥 세상을 바라보는 것일 뿐. 더는 이야기에 녹아들어 고통받고 싶지 않아.]

유시는 망설임 없이 구체 곁을 지나 들어온 방을 가로질러 걸었다. 길휴는 소원에 대해 생각하는 모양이었고, 나루는 뒤늦게 유시를 뒤쫓아 뛰었다.

"못 보내. 왜 인지는 너도 잘 알 거야. 지금 세상을 지킬 거야. 유시 맘대로 바꾸게 둘 수 없어. 이 아름다운 세상을. 분쟁 적은 세상을. 절대 못 바꿔."

나루는 유시를 따라가 붙잡으려 했다. 하지만 나루는 귀신이 된 듯 그 손은 유시마저도 통과했다. 눈을 크게 뜨고 봐도 연이은 나루의 손길은 유시의 몸을 계속 통과했다. 나 역시 옆의 길휴를 잡으려 했다. 내 손은 길휴를 만지지 못하고 뚫었다.

[모두의 선택은 존중되어야 하지.]

모두 말이 없었다. 말을 안 하는 것인지, 말했더라도 지금 손이 닿지 못하는 것처럼 말소리도 닿지 못하는 것인지 알 수 없었다.

[하지만 어떤 선택은 모두를 위해 제지되어야 하고, 어떤 선택은 모두를 위해 밀어붙여야 하지. 하지만 이미 저지른 나에게 이런 말은 위선이겠지.]

조용했다. 유시는 어디로 가야할 지 아는지 벽을 더듬었다. 나루는 기운 없이 무력하게 바닥에 앉아있었다. 그리고 길휴는 서서 무언가 생각하고 있었다. 나아가고, 좌절하고, 고민하는 셋을 보고 있으니 '나는?'이라는 질문이 스스로에게서 나왔다.

[유시, 넌 말하지 않아도 알아. 이데아, 아니 지금은 '이를 소거 장치'라고 해야겠지. 너는 여기에 들어오길 원하는 거잖아.]

유시는 손을 내리고 뒤돌아 벽에 기대어 섰다. 팔짱을 끼고 맞는 듯 고개를 끄덕였다.

[나루, 넌, 그저 예전 세상에서 도망치고 싶을 뿐, 고통받기 싫을 뿐이잖아.]

"네가 뭘 안다고."

[여기선, 다 알 수 있어. 네가 전 세상에서 얼마나 고통받았는지. 지금 세상이 얼마나 좋은지도 알아.]

"그리고 예전으로 돌아가면 지금 얻은 기쁨이랑 즐거움 전부 다 잃겠지."

[예전과 지금. 둘 다 전쟁이 일어나. 하지만 어떤 기술이 나오고, 어떤 혁명가가 나와도 없어지지 않더라고.]

나루는 말하지 않았다.

[다른 사람을 위하는 척하지만, 결국 넌 너만 즐거우면 되잖아? 세상이 어찌 되든 그걸 들어줄게.]

"그럼 이제 내 차례지? 유시한테 말하는 꼴을 보니 내가 원하는 건 알지?"

[응. 동생 말이지?]

"아니, 됐어. 이딴 장난질이 더는 생기지 않았으면 한다. 그게 내 원하는 바다. 이 헛똑똑이들의 대장놈아."

[역시, 잠깐 안 본 사이에 사람 됐네.]

"퉤."

[덕, 너는 어떻게 하고 싶어?]

내 소원. 내 소원은 아직 정해지지 않았다. 앞선 세 사람과 달리 '이름을 지운 자'는 내 입으로 원하는 것을 말하도록 배려해 주었다. 가족과 친구를 되살려 달라는 소원이 먼저 생각났지만, 길흉를 보았다. 만약 가족과 친구가 죽음에서 돌아온 뒤에, 그들이 다시 죽는다면? 고개를 저었다. 부자가 되는 소원, '이름을 기억하는 자' 무리가 먼저 그들끼리 방공호로 들어가던 때가 떠올라 그것도 기각했다.

"테러 같이 모두가 슬픈 일이 안 일어났으면 해요. 이루어질지 모르는 소원이지만 이런 것도 되나요?"

빛나는 하얀 구체를 보았다. 미묘하게 빛이 작아졌다가 커진 것 같았다.

[…노력은 해볼게.]

빛덩이는 천장으로 올라갔다. 빛 구체는 천장을 뚫고 올라가고, 시야에서 벗어나니 방안의 불빛도 사라져 갔다. 한 치 앞도 보이지 않는 방안에는 누구의 숨소리도 들리지 않았다.

"이게 내 이야기의 끝이란다."

내 주변에 앉아 이야기를 듣는 7살 아이들의 얼굴을 보았다. 한 아이는 거짓말 잘한다고 그러고, 다른 아이는 이후 내 이야기를 듣고 싶다고 하며, 또 다른 아이는 셋은 어찌 되었는지 물었다. 그 순간 유치원 점심시간을 알리는 종이 울렸다.

"자, 다들 밥 먹고 낮잠 자고 나서 마저 이야기 해줄게요."

"덕 선생, 잠시 와볼까?"

유치원 원장님이 나를 불렀다. 원장실에 가서 앉으니, 나에게 편지 한 통을 건넸다. 나루가 회장인 글로벌 회사 나루터의 우편 봉투였다.

"정장 입은 사람이 와서 주고 갔는데 거기 회장이랑 무슨 사이길래 이런 게 와?"

"음… 뜯어 보셨나요?"

"열어보면 여기 망하게 만든다는데 볼 수 있을까?"

"아마 개인적인 편지일 텐데, 받아주셔서 감사합니다. 따로 읽어볼게요"

"아니, 그래서 무슨 사이냐니까."

원장님에게 짓궂게 웃으며 원장실 문을 열었다. 원장님이 에휴하는 짧은 한숨이 들렸지만, 날 놀리는 소리인 걸 알기에 신경 쓰지 않고 놀이터로 향했다. 일찍이 밥을 다 먹고 놀이기구 하나씩 잡고 노는 아이들을 보며 우편 봉투를 뜯었다. 상투적인 인사와 계절 인사를 지나 계속 읽었다. 나루는 소원으로 여러 사업으로 돈을 벌어들여 대기업 회장이 되었다. 그리고 나루는 사업으로 벌어들인 돈으로 복지 사업을 진행했고, 여유롭게 여행도 다녔다. 물론 내 소원으로 세상에는 테러는 없어졌고, 이를 이루기 위한 전제인지 먹거리나 건축 자재 등이 풍부해진 덕에 재밌게 사는 것 같았다. 편지 말미에 길휴를 발견했다는 소식이 실려 있었다. 다만, 그는 지금 사막 변두리에서 혼자 살고 있으며, 발견 당시 손님을 친절하게 대해주지만, 이곳에 다시 오지 말 것을 당부하고 있다고 했다. 편지 말미에, 길휴의 생존을 알게 되어 유시의 존재를 기억하는 이가 셋이 됐다는 갈도 언제 한번 밥 먹자는 말 뒤에 덧붙여져 있었다.

"선생님 그거 종이 편지에요?"

"응? 응, 선생님 친구가 보내줬어."

"야, 이것도 모르냐아, 이거 어디지 그거, 아빠가 말해줬는데… 엄청나게 큰 회사 모양이야."

"자, 선생님 친구가 과자 사 먹으라고 용돈 줬는데 과자 먹고 싶은 사람?"

"아! 저요!"

아이들이 편지와 대기업 문양이라는 말에 하나둘 모이기에 자리에서 일어났다. 조금씩 작은 불만이 있을지언정, 지금 만들어진 지 10년이 넘은 세 번째 세계에서 하늘을 올려다보았다. 밝게 세상을 비추는 태양 빛이 싱그러웠다. 네 번째, 다섯 번째 세계가 나오지 않길, 모두가 모두의 이름을 붙잡는 지금이 이어지길 속으로 기원했다.

개정+1 0년
논리 변형 장치, 이데아
[이름 소거됨] 실행

그래서 이번 세상은 만족해?
자원이 넘치니 더 가지기 위해 탐하고
부족하니 살아남기 위해 훔쳤지
차라리 연료가 쓸모없는 세상도 만들었지
내가 했던 것들이야
많은 사람이 죽고 살아나고 다시 죽었지

이 공간은 이데아라 하지만
여기도 저 밖도 이상향에 닿지 못해
수 없이 봤잖아
두 번째 세계와 세 번째 세계 사이
수많은 지워진 세계 속 수많은 이가 고통 받은걸

이제 쉬자
우리의 이름을 잊자
우리가 세계에 남긴 상처를 통해
세상 규칙을 바꾸는 이곳을 찾지 못하도록
우리처럼 어리석은 이가 이데아를 만들겠다 나서지 못하도록